果然我的
青春戀愛喜劇
搞錯了。⑧
My youth romantic comedy
wrong as I expected.
渡 航
繪者／po
日本小學館正式授權繁體中

果然我的青春戀愛喜劇搞錯了

My youth romantic comedy is wrong as I expected.

登場人物【character】

比企谷八幡……本書主角。高中二年級，個性相當彆扭。
雪之下雪乃……侍奉社社長，完美主義者。
由比濱結衣……八幡的同班同學，總是看人臉色過日子。
材木座義輝……御宅族，夢想成為輕小說作家。
戶塚彩加……隸屬網球社，非常可愛的男孩子。
川崎沙希……八幡的同班同學，有點像不良少女。
葉山隼人……八幡的同班同學，非常受歡迎，隸屬足球社。
戶部翔……八幡的同班同學，負責讓葉山集團不會無聊。
三浦優美子……八幡的同班同學，地位居於女生中的頂點。
海老名姬菜……八幡的同班同學，隸屬三浦集團。是個腐女。
城迴巡……學生會長，高中三年級。
一色伊呂波……足球社的經理，高中一年級。
平塚靜……國文老師，亦身為導師。
雪之下陽乃……雪乃的姊姊，大學生。
比企谷小町……八幡的妹妹，國中三年級。
川崎大志……川崎沙希的弟弟，國中三年級。

1 不用說也知道，這正是比企谷小町的逆鱗所在

如果——

我是說如果——

如果能像遊戲那樣退回上一個存檔點，重新做一次選擇，人生會不會從此改變？

答案是否定的。

那是擁有選擇的人才可能走的路線。對一開始便沒有選擇的人而言，這個假設不具任何意義。

因此，我不會後悔。

說得正確一些，我幾乎對至今的一切人生感到後悔。

畢竟事情一旦發生，之後再說什麼都是多餘。

真要後悔「如果當時該怎麼做」的話，只會沒完沒了；即使說了，也無法改變已經形成的事實。在做出決定的瞬間，我們便再也無法回頭。

不論是ｉｆ、平行世界，或是迴圈，通通都不存在。歸根究柢，人生的劇本不過是一條單線道。討論「可能性」本身，即是一件空虛的事。

我很清楚自己的人生錯誤百出。但是，這個世界錯得更加離譜。

看看這個世界被搞成什麼樣子。大至戰爭、貧窮、差別待遇，小至到處參加公司徵才，卻得不到半個內定錄取資格，或是打工時收的錢永遠跟帳目對不起來，只好用自己的錢補足短缺……大家早已對這些事情見怪不怪。

這樣的世界究竟如何稱得上正確？錯誤世界中的正確，絕對不是真正的正確。

既然如此，錯誤的姿態或許才是真正的正確。

心裡明明很清楚註定要失去，還千方百計地延長其存在時間，難道有什麼意義？

我們終將失去擁有的一切。此乃不變的真理。

儘管如此——

因為終將失去，才顯現其美麗。

因為有結束的一刻，才顯得有意義。不論是停滯還是閉塞，乃至於一時的安寧，都絕非我們所能忽視或甘願忍受的事。

萬物皆有失去的一刻。千萬謹記這一點。

在不經意間想起失去的事物，如同對待寶物般小心呵護，將回憶連同杯中的酒一起飲盡，想必也是一種幸福。

×　×　×

討厭的早晨。

天空晴朗無雲，陣陣寒風使窗戶發出規律的震動聲。待在暖和的房間內，只會讓人想多瞇一會兒。

這樣的早晨討厭透頂。

畢業旅行結束後，經過一個週末，星期一再度來到。

每逢星期一，我都深深陷於沉重的鬱悶心情。我慢吞吞地撐起半死不活的身體，勉強把自己拖向浴室。

我站在洗臉台前，用惺忪的雙眼盯著鏡子。出現在鏡中的，依然是再熟悉不過的那個人。

……嗯，跟往常沒什麼兩樣。

真要說的話，是跟往常一模一樣。相似度高到嚇死人。

從一點也不想去學校上課，只想整天睡大頭覺，到還沒踏出家門就產生想回家的念頭，無一不是自己的老樣子。

唯一的差別，在於洗臉的水似乎比以往冰冷一些。

秋意不再，冬天已經在門口徘徊。十一月即將結束，今年僅剩下最後的一個月又幾天。

雙親為了避開通勤的尖峰時段，早早便出門上班。每次到了這個季節，拖到快趕不及上班時間，甚至稍微遲到幾分鐘才出門的話，路上只會更擁擠。看來冬天早晨爬不起來，想在被窩待到快要遲到果然是成人的天性，不會因為長大而有所改變。

即便如此，他們仍然非去上班不可。

當然了，一定有人出於積極主動的理由行動。可是，同樣有很多人的理由是社會如此要求，大家都這麼做，不想被社會潮流遺落在後。

總而言之，人們之所以行動，是為了得到什麼，以及不失去什麼。

即使保守看待，鏡中的那張臉依舊相貌堂堂，水準在一般人之上。只不過，臉上那對超高中級的死魚眼（註1）同樣不是一般人所能比擬。

這就是我，比企谷八幡。

自己跟過去沒有任何不同，非常好──我離開浴室，往客廳走去。

進入客廳，便看見妹妹小町站在廚房裡等待水燒開。

雙親先吃過早餐，所以我們的食物早已有著落。現在只等小町泡好茶，一切便準備就緒。

註1「超高中級的○○」出自遊戲《槍彈辯駁　希望學園與絕望高中生》中的設定。

我拉出椅子時，水壺正好發出煮沸聲。小町將開水注入茶壺後，抬頭看過來。

「啊，哥哥早安。」

「嗯，早安。」

小町聽到我的回答，露出略感意外的表情。

「咦……總覺得今天哥哥特別清醒呢。」

經她一說，我不禁納悶，難道自己在平常的早晨那麼沒精神？好吧，不用想也知道，我對早上超級沒輒。儘管不到低血壓的程度，動力的確相當低落。所以，小町所言絕對不算錯。今天的我確實非常清醒。

「……嗯，是啊。因為今天洗臉的水特別冰。」

我隨口編一個理由，但小町仍然一臉不解。

「嗯……可是小町覺得今天的水溫跟平常一樣。」

「不覺得突然變冰了嗎？別管這些了，趕快吃完早餐去上學吧。」

「啊，嗯。」

小町踩著拖鞋，啪噠啪噠地把茶端過來。看來比企谷家選擇的是茶壺泡的茶，綾鷹這次敗下陣來（註2）。

她就座後，我們合掌輕聲說「開動」。

在冬天，熱呼呼的白飯和味噌湯是比企谷家早餐桌上的常客。準備這些料理的

註2　出自日本罐裝綠茶品牌「綾鷹」之廣告。該品牌主打的是喝起來不輸給用茶壺泡的綠茶。

用意，想必是要我們吃得身體暖呼呼，再出門上學。這就是媽媽的愛心。

我的舌頭怕燙，所以先把味噌湯吹涼再喝。抬起視線看向對面，小町也在對手上的碗吹氣。

她注意到我的視線，輕輕放下手中的碗，緩緩開口。

「……哥哥。」

「嗯？」

我簡短應聲，用視線催促她繼續說。於是，她試探性地問道：

「是不是，發生了什麼事？」

「什麼都沒有啊……我到目前為止的人生簡直是一片空白，乾淨溜溜。所謂『塞翁失馬，焉知非福』，根據這句話的邏輯推論，多少發生一點事可能反而過得比較順利。像是得到慢性病的話，常常跑醫院說不定反而讓身體更健康。所以反過來說，以某種意義而言，什麼都沒有的人生搞不好才是驚濤駭浪的人生。」

我一口氣說完這麼長一串，小町聽得連連眨眼。

「哥哥，到底怎麼了？」

未免太單刀直入。

小町直截了當地追問。我承認剛才那一大串全是廢話，但妳為什麼不隨便挑一個地方吐槽，把注意力轉移過去？

哥哥可是絞盡腦汁，才擠出那些廢話……

果然是星期一在作祟，難怪我一直覺得哪裡不太對勁。

「沒有啦……真的什麼也沒有。」

我夾起荷包蛋送入口中。說到荷包蛋，這玩意兒究竟算日式還是西式？

「嗯——」小町聽了我的回答，發出不知是有意或無意的沉吟。

接著，她稍微把湯鍋推到旁邊，探出身體盯著我的臉。

「哥哥，你知道嗎？」

「什麼？難道妳是小柴豆（註3）？」

不是小柴豆的話，難道是箱子貓不成？畢竟小町是家裡的掌上明珠嘛（註4）。不對，現在剛好是早餐時間，所以也有可能是食物怪獸。總不可能是同一間公司做的那隻胖嘟嘟貓熊（註5）吧，小町一點也沒有胖嘟嘟的感覺。而且，都是因為小町把身體湊過來，害我開始覺得她胸前的確該多長一些肉……不，我看算了。她現在這個樣子已經超級可愛。

註3 原文為「豆しば」。日本電通創造之廣告角色，會在意想不到的地方出現，以「你知道嗎」開頭說出煞風景的冷知識。

註4 箱子貓原文為「はこいりねこ」。入口網站 DOGATCH 製作之廣告角色。「掌上明珠」原文為「箱入り娘」，與箱子貓相似。

註5 食物怪獸原文為「ごはんかいじゅうパップ」，胖嘟嘟貓熊原文為「パンダのたぷたぷ」，兩者皆是 TOKYO MX 播映之動畫。

我自顧自地達成這個結論，小町輕輕嘆一口氣。

「雖然哥哥平常就喜歡說一堆沒營養的話，狀況不好的時候還會更嚴重……」

「喔，這樣啊……」

小町仍然是老樣子，評分標準相當嚴格。被她說自己講的話沒營養，我也沒辦法反駁什麼，誰教我真的只說得出沒營養的話。話說回來，小町竟然懂得從細微的言行舉止分析我，難道她是心理搜查官？那個犯罪側寫是怎麼回事？

「是不是……」

小町將筷子插進沙拉，沉默半晌，猶豫著要不要說下去。盤子裡的小番茄跟著滾來滾去。

或許因為我們是兄妹，也或許因為我們在想同一件事，小町梗在喉嚨的話，我多少能推知一二。

最後，她放下筷子，窺探我的神情。

「……跟結衣姐姐還有雪乃姐姐，發生了什麼事？」

我一邊聽，一邊默默地把食物送進口中。父母親教導過我們，吃東西的時候不可以說話。我吞下食物，再喝一口味噌湯，將許許多多的情感一起沖下去。

「……她們跟妳說了什麼嗎？」

「沒有。」

小町緩緩搖頭。

「哥哥應該也很清楚，她們不會特地把這些事說出口。」

這句話很有道理，所以我沒什麼話好說。

儘管在無關緊要的小事上，雪之下跟由比濱都很嘮叨，但她們應該不至於突然對別人的妹妹說什麼。

「只是小町自己這麼認為。」

她又窺看一下我的反應。

我們朝夕相處這麼長的時間，不論發生好事或壞事，難免會有所察覺。

然而，也有一些事情，我們不希望被對方察覺。

「喔。」

我不置可否地應聲，瞄一眼牆壁上的時鐘，再度忙碌地動起筷子，埋頭於自己的早餐。

相較之下，小町則顯得悠哉。

「哥哥，吃飯記得細嚼慢嚥。還有啊——」

小町並不就此罷休。她八成早已料到我想打斷這個話題，才顯得不慌不忙。

她似乎想起什麼，將視線轉向其他地方。

「先前也發生過同樣的事呢。」

「有嗎？」

我嘴巴上這麼說，心裡其實清楚得很。小町所說的，想必是今年六月的事。印象中，當時她也對我說過相同的話。

什麼嘛，自己跟半年前沒有任何兩樣。我果然不是蓋的。

沒有成長，也沒有改變。什麼都沒有。

小町握著茶杯，溫暖自己的雙手。杯中明明沒有茶梗漂浮（註6），她還是一直盯著裡面看。

「……不過，這次好像又不太一樣。」

「當然了。人每天都在改變，連細胞都會新陳代謝。聽說週期好像是五年還七年吧。所以說人啊……」

「是是是～」

小町露出無奈的笑容，三兩下打發過去。接著，她放開握住茶杯的手，擺到大腿上。

「……所以，哥哥這次做了什麼？」

「為什麼要以我闖禍為前提？這絕對很奇怪啊！」

我出聲抗議，但小町只是默默地盯著這裡。在那樣的視線下，我實在沒辦法再打太極拳蒙混過去。

我下意識地搔搔頭，撇開視線。

「……什麼也沒做。本來就沒發生什麼。」

註6　日本人認為杯中的茶梗立起來象徵好兆頭。

聽到這裡，小町嘆一口氣。

「哥哥很可能是做了什麼，只不過缺乏自覺。真沒辦法……一件一件回想看看吧。」

「我看不會有什麼效果……」

其實，我一直在思考這件事。

從京都回來後的幾天，我不斷地思考，回顧自己做的事情，想知道是不是哪裡有問題或做得不對。

然而，不管我再怎麼思考，都只得出那種方法最有效率，最確實，也最安全的結論。在極為有限的時間和方法中，我認為自己的手段達成了可被接受的結果。

我成功避免最壞的情況發生，也連帶完成另一個人的委託。雖然方法是否值得鼓勵有待商榷，但最後至少有成果。

但是，這些都是瑣碎的事，只要我自己知道即可，沒有必要告訴小町。

「嗯，還是想不到什麼。」

我聳聳肩，稍微逗一下小町，接著快速把碗中剩下的飯扒進口中，藉此表示「話題到此為止」。

可是，小町仍然不肯死心。

「又來了又來了～所以，到底發生什麼事？」

她歪起頭，托住臉頰，調皮地笑了笑。

那般舉動可愛歸可愛，當中其實充滿強烈的意志，不容許我含混了事。

然而，不論我再怎麼忍耐，到這個地步也會感到厭煩。

如果是在平常，小町這樣的纏人程度不會讓我受不了。我一定會笑笑地帶過，或是把話題扯遠，轉移她的注意力。

話說回來，如果今天也跟平常一樣，小町根本不會像這樣死纏爛打。

我有如被迫正視自己刻意想表現得跟平常一樣的事實，心中冒起一把火。

「……煩死了，給我適可而止。」

「……」

焦躁之下，我不禁衝口而出這句話，小町頓時愣住。下一刻，她的肩膀開始抖動。

接著，她雙眼圓睜，大聲發出抗議。

「……那、那是什麼話！」

「我只是實話實說而已。妳這個人煩得要命。」

就算以轉移焦點為目的，我也絕對不該說出這種話。但是，話一旦說出口，便再也收不回來。

既成的事實永遠無法挽回。

小町瞇起眼睛瞪我，最後，輕輕垂下視線。

「嗯……這樣啊。那好，小町以後什麼都不會再問。」

「這樣最好。」

交談到此結束，再也沒人開口。

我們默默地繼續吃早餐，這段時間如同凍結了似的，過得特別緩慢。

小町大口喝完味噌湯，起身收拾好桌上的餐具，隨即拿去流理台。

接著，她踩著響亮的腳步聲走到家門口，停下腳步，不看向我這裡便快速說道：

「小町先出門了，等等記得上鎖。」

「嗯。」

我應聲後，小町用力關上大門。

門外傳來她模糊的咕噥。

「明明就發生了什麼事……」

客廳裡獨留我一人，我拿起杯子要喝茶。這杯茶已經不再燙口，只剩下半冷不熱的口感。

沒記錯的話，這是時隔好幾年，我再次跟小町爭吵。直到現在我才開始擔心，自己是不是惹她生氣了。

小町很少生氣。但是相對地，她生氣的話，也會持續很長一段時間。何況她可是正值青春期的少女，我完全不敢想像，今天她回家的時候，會對我擺出何等表情。

我連自己的妹妹都搞不定，跟人好好相處實在是一大難題。

× × ×

通往學校的路途，滿溢秋天的氣息。

花見川沿岸的單車道上，有些樹木的葉片染成鮮豔色彩，有些已經飄落。天空看起來好遙遠，海面吹來乾燥的風，不帶一絲夏天的水氣。

我感受得到，季節以緩慢的腳步交替著。尤其是夏秋之間，變化更加明顯。進入深秋之後，便能開始察覺冬天的氣息。

這一連串的季節變化，說不定正是最富多樣性的變化。

「秋意漸深，不知隔壁的人在做什麼？」

這是松尾芭蕉非常有名的俳句。

之所以想知道隔壁的人在做什麼，無非是出於這個季節特有的悲愴與孤獨。因為孤獨，而在意起某個人；為了填補心中的寂寞，而掛念其他人的存在。反過來說，這或許表達了希望某人在意自己的願望。

有句話說：「別人是自己的鏡子」。簡單說來，所謂的「別人」不過是我們透過「自己」這個濾鏡看見的虛像。所以真正存在的，其實只有自己。

說到底，人們永遠只想著自己的事。

在意隔壁的人在做什麼，乃是藉由別人跟自己間的比較驗證，思考自己又是如何的行為。

利用別人證明自己的存在，實在有欠真誠。這種方式是不對的。是故，孤獨才是正義，孤傲才是正確答案。

我踩著腳踏車，無視生鏽車身不時發出的嘎吱聲，往學校前進。儘管在這個時間出門不至於遲到，但也在勉強趕上的邊緣。

這就是我一直以來的上學時間。

來到腳踏車停放處，便看見不少人急急忙忙地往教室方向衝。

我停好腳踏車後，加入那些人的行列，快步走向教室大樓。獨行俠很少跟其他人走在一起，所以練就一身高速行走的技能。把這項技能練到最高等級的話，代表日本參加東京奧運的競走比賽都不是問題。不，當然是問題。

沁涼的室內是再習慣不過的光景。

招呼與閒聊混雜成的喧鬧聲，沿著樓梯往上延伸到走廊。

畢業旅行這個重頭戲結束後，眾人回歸往常的校園生活。

直到進入教室，情況也是如此。

班上同學悠閒地聊天，我不發出聲響，在課桌跟人群間穿梭，走到自己的座位，輕輕拉開椅子坐下，等待導師時間到來。

即使放空腦袋，耳朵跟眼睛照樣自動觀察起四周。

大家對我沒什麼特別的反應，看來前幾天的假告白事件沒有傳開。不過按照常理思考，這也很理所當然。畢竟，沒有人想主動張揚這件事。

對戶部、海老名和葉山來說，要是被大家知道畢業旅行的最後一晚發生了什麼，他們的心裡一定不好受。

班上的氣氛也沒有變化。我甚至覺得，大家的感情好像更融洽了。

如果你認為每經過一個活動，同學間的羈絆會變得更深，可是很大的誤會。

我想，這是能夠聚在一起的時間不多使然。

去了一趟先一步變冷的京都、感受季節變化後，高中三年內最重大的活動隨之告終。大家想必都切身體會到這項事實。

十一月即將結束，十二月從下旬開始放寒假，接著是一月的新年，二月的日子特別少，到了三月又有春假——日子一天一天地逝去，F班同學一起相處的時間，剩下最後三個月。

所以，大家更會珍惜這段時光。

為什麼要珍惜？

大家捨不得的不是朋友，是自己的青春、自己的歲月、身處的時間與場所。這種行為跟自戀有點相近。

我自顧自地觀察，自顧自地分析，自顧自地做出結論，然後打一個小小的呵欠。思考一堆有的沒的事情，代表身心處於疲勞狀態。

假日才剛結束，身體卻重得有如被綁上鉛塊。

我做一下頸部環繞運動，緩解僵硬的肩膀。

舉目所見，皆為班上那些吵吵鬧鬧的熟面孔，以及一位彷彿置身事外，獨自眺望窗外景色的馬尾少女。

即使周遭的人顯得心浮氣躁，川崎依舊保有以前的自我。

在她的座位前方，是兩、三位聚在一起分享畢業旅行照片的女生，其中最興奮的當屬相模。她也算是很罕見的類型，就算經歷許許多多的事情，仍舊沒有什麼顯著成長。沒差，現在我跟她沒有任何牽扯，所以不關我的事。在畢業旅行的效果加持下，她也不再發表對我的仇視言論。

不只是相模集團，教室內三三兩兩聚集的同學們，談論的話題都不外乎畢業旅行。

然而，他們現在聊的內容，終將成為過去，逐漸沉到記憶深處。直到未來的某一天，不經意翻出相片時才再度想起。

畢業旅行是如此，他們聚在一起的時間也是如此。

不會有多少人自覺到這一點。或者說，正因為他們在不知不覺間發現這一點，現在才強打精神高聲歡笑。

每個人都一點一點地裝作沒發現，對眼前的事實視若無睹。

所以，他們同樣是如此。

我再把頭轉過去，窺看教室後方。

那裡的景象也跟之前沒什麼兩樣。

「對啦，那天我們不是回到千葉？結果啊，看到京葉線已經布置成聖誕節的樣子，我整個人就開始不安了！那個得士尼樂園的廣告超明顯的！」

戶部扯著留長的後髮際，隨興地說道。他跟畢業旅行前一樣，是集團內特別活潑的人。

「他們太認真了吧～」

「我瞭解。」

大岡跟大和也隨意應聲。

「得士尼樂園啊……」

三浦用手指把玩金色的長捲髮，似乎有點放空心思。她幻想得士尼公主時的模樣充滿少女情懷，我個人覺得相當不錯。

「已經到這個時候啦……」

葉山撐著臉頰，嘴角倏地泛起微笑。由比濱聽了，用食指抵住下顎，抬頭望著天花板，努力翻找自己的記憶。

「嗯……啊，說到得士尼樂園，那裡好像多了新的遊樂設施。」

海老名跟著盤起雙手思考。

「咦？不是海洋世界那邊嗎？這兩個有時候會讓人搞混……到底誰才是攻。」

「海老名，裝好樣子。」

三浦敲一下海老名的頭，露出自然的笑容。

葉山他們還是如同往常。

看到那一幕，我多少放下心來。

這是一個人人期待不會改變，永遠停滯的世界。

誠然，那樣的世界終將走向閉塞、腐敗，但這本來就是閉塞、腐敗的世界。說不定，這才是世界應有的樣子。

葉山跟海老名絲毫不干涉我的生活。

他們的選擇非常正確。若要裝作什麼事都沒發生，便不能在畢業旅行後改變對我的態度。所以，我跟他們的距離感也維持不變。

我看著那群人，慢慢進入出神狀態。忽然間，我發現自己跟由比濱對上視線。

「……」

「……」

儘管兩人眼神交會的時間絕對沒多久，頂多只持續幾秒鐘，我卻覺得格外漫長。雙方互相打探的視線頗為尷尬，我趕緊把眼睛別開。

我用左手托臉頰，撐住頭部的重量，準備小睡一會兒。可是，縱使把眼睛別開，耳朵依然堅守自己的崗位。

「對啦，下次大家一起去得士尼樂園怎麼樣？」

「真不錯。」

「好啊。」

葉山等人沒有什麼內容的對話，仍然持續進行中。

不過，聽到其中夾雜由比濱的笑聲，我便覺得鬆一口氣。

……話說回來，他們的對話也太沒營養了吧。

能夠完全憑感覺對話，真不簡單。

雖然他們可能只是刻意不觸及核心，藉由不著邊際的話題，假裝大家的關係跟過去沒有不同。

不管怎麼樣，友情總是美德，虛偽與掩飾也是一種美。把外表粉飾得乾乾淨淨，看起來當然美麗。

由此可證：友情＝美麗＝虛偽與掩飾。多麼簡潔的等式！我的數學素養果然高得嚇人。這麼說來，有些理科學生認為完整的算式很美，我好像不是不能理解。恆久不變的真理使人感到安心。可是，理科學生看到算式竟然會萌起來，未免也太變態。真是一群噁心的傢伙。

經過一陣胡思亂想，打發不少時間後，我睜開眼睛看時鐘。上課鈴聲差不多要響了。

這時，某個人影趕在最後一刻朝教室跑來。雖然那個人的動作慌慌張張，腳步倒是很輕盈。

教室門緩緩開啟，一個人臉小心翼翼地探進來。原來是穿著運動衫的戶塚。他看到還沒開始上課，才大大鬆一口氣，揮去臉上的汗水，瞄向時鐘。

「還好，趕上了……」

戶塚這麼自言自語，走向自己的座位，一路上不忘跟同學打招呼。

他走到半途，發現從頭到尾一直看著自己的我，於是靠了過來——什麼？你問我為什麼一直盯著他看？那我問你，難道有哪個人從頭到尾不看他一眼？

戶塚大概是晨練到剛剛才結束，所以匆匆忙忙地趕回教室，現在還「呼——呼——」地喘氣，臉頰也染成紅色。不知是不是我多心，他似乎因為晨練後的疲憊，眼眶顯得有些溼潤。

「八幡，早安。」

「……嗯，早安。」

我先輕咳一下再跟戶塚打招呼，以免自己亢奮過頭。話雖如此，表現得太過冷靜，也很不像我自己。所幸今天發出的聲音不高不低剛剛好。

戶塚聽了，卻露出疑惑的表情，忽然不再開口，打招呼時舉起的手就那麼停在空中。

「……」

「怎麼了？」

經我一問，他揮揮停在空中的手，用燦爛的笑容帶過。

「啊，沒什麼。只是覺得你今天的招呼很正常。」

「……」

我回想自己先前的反應，是不是有哪裡跟以往不同。

不過，我一時實在想不出答案，於是作罷，不再思考下去。

「嗯……是啊，很正常。你剛剛去社團晨練？」

「對啊，我好久沒去晨練了，才不小心忘記時間……啊，你畢業旅行的疲勞消除了沒？」

畢業旅行結束，在回程的新幹線上，自己幾乎從頭到尾都在睡覺。戶塚指的應該是這件事。但事實上，我大約有一半的時間醒著，只是沒有心情跟人說話……沒辦法，當時的我正處於低潮，怎麼會想讓戶塚看到那樣的一面？

我希望自己在戶塚的面前時，永遠是帥氣的比企谷八幡。這個傢伙在鬼扯什麼啊？

「嗯，完全復活。」

「這樣啊，太好了。」戶塚對我一笑。

這時，上課鈴聲正好響起。他對我輕輕揮手，在我帶著溫和笑容的目送下，走向自己的座位。

沒錯，全身的疲勞早已一掃而空。真要說的話，是一秒鐘前的景象讓我瞬間復原。

× × ×

隨著每一節課結束，身體好像變得更加沉重。我自然而然地開始往放學的倒數計時。

放學前的導師時間結束，倒數計時跟著告終。

時間到。

我拿起沒裝什麼東西的書包，從座位上起身，比要去社團活動和離開學校的人更早走出教室。

教室內似乎有人投來視線，但我只是反手拉上大門，阻斷那道視線。

走廊上瀰漫著悠閒的氣氛。來往的學生各有自己該去的地方，儘管步伐緩慢，但也絕不佇足。

我選擇走在走廊邊晒不到太陽，氣溫略低的地方。

部分班級的導師時間尚未結束，所以走下樓梯的學生不如往常多。

一路上，沒有人對我搭話，沒有人把我叫住，問我為何這麼早出來。我輕輕鬆鬆地抵達大樓門口。

在這裡換好鞋子，走去停車場牽腳踏車，然後踩踏板踩個一陣子，即使腦袋放空也到得了家。

可是，這絕非我的作風。

我就是我，跟往常沒有任何不同。既然如此，便應該選擇以往的行動模式。

大門外的自動販賣機映入眼簾。

轉換一下心情吧。這次選擇的是——咖啡。綾鷹再次敗下陣來。

「……這咖啡真苦。」

我將咖啡一飲而盡，把空罐扔進垃圾桶，重新邁出腳步。殘留口中的苦澀久久不退。

我勉強拖著沉重的步伐，走不同於以往的路線前往社辦。

走在走廊上，爬樓梯時，腦袋裡出現好幾次胡思亂想的念頭。每次快要開始胡思亂想時，我都緩緩地吐一口氣。

經過好一段時間，社辦終於出現在眼前。

我做一次深呼吸，再把手放上門把。

社辦內的說話聲傳了出來。雖然隔著一扇門，無法聽清楚內容，但至少能聽出那兩個人都在裡面。

我下定決心，打開社辦大門。

剎那間，兩人的對話戛然而止。

「……」

雪之下跟由比濱驚訝地看過來，在場的三個人皆發不出聲。

她們可能是看我沒在以往的時間出現，所以認為今天不會來。這個想法對了一半，我並不是真的很想來。

我只是在逞強，堅持既壞心眼又彆扭，爛到根部無怨尤的小小自我。

這是為了我自己，為了不讓自己的過去、行為、信念被否定的小小抵抗。

我輕輕點頭做為招呼，走向自己的固定座位，拉開椅子坐下，然後從書包取出看到一半的文庫本。

從畢業旅行之前，書籤的位置便沒有改變。

開始閱讀後，凍結的時間總算繼續流動。

桌上擺著拼布縫成的茶壺保溫套、點心、巧克力，以及冒著熱氣的茶杯和馬克杯。

多虧那壺開水，社辦內才顯得暖和，又有紅茶的香氣。

但是，暖意維持不了多久，便逐漸冷卻下來。

雪之下用冰冷的眼神直視我。

「……你來了啊。」

「是啊。」

我隨口回答，翻過還看不到一半的書頁。

雪之下不再說什麼。

由比濱同樣瞄向這裡，但她只是不悅地噘起嘴巴，啜飲杯中紅茶。

我還是能從她散發的氣息，讀出「你為什麼要來」的問句。

如同在責備我的沉默持續籠罩。

我靠著椅背，慵懶地放鬆肩膀，掃過一行又一行的文字，然後翻到下一頁。這段時間之空虛，不禁令我開始數著剩下多少頁，以及距離離校時間還有多久。

有人在清喉嚨，有人的衣服發出摩擦聲，有人雙腿晃個不停。

終於，時鐘的長針走了一格。

由比濱把握這個機會，稍微吸一口氣，說道：

「啊，對了。大家跟平常一樣，沒有什麼不同呢……我是說，嗯……大家……」

她終究敵不過冰冷沉重的氣氛，話音越來越微弱。不過，我跟雪之下都好好地看著她說話。

由比濱口中的「大家」，應該是海老名、戶部、葉山、三浦等人。

畢業旅行結束後，那兩個團體的確沒什麼改變。他們顯得跟以往一樣要好，或說是表現得跟以往一樣要好。

「……是啊。至少看起來沒什麼問題。」

我無意誇耀自己當時做的事。那恐怕是最差勁的手段。唯一值得慶幸的是，那般舉動沒有白費。

因此，這可以說是我坦率的感想。

「……嗯。那樣就好。」

雪之下用手指輕撫杯緣說著，表情卻完全不是那麼一回事。她落寞地盯著茶杯的水面。

由比濱見我們對她的話有所回應，得到一些信心，摸摸頭上的丸子，發出開朗的笑聲。

「哎呀～雖然當時真的很怕發生什麼事，不過我的擔心好像是多餘的。大家都……跟平常……一樣。」

可惜那股信心未能維持到底。由比濱洩氣地垂下頭，最後擠出的幾個字聽在我的耳裡，顯得有些空洞。

「到底在想什麼，我越來越搞不清楚了……」

這句話究竟是說給誰聽？我暗自擔心，她口中的「大家」是不是也包括葉山集團之外的人。

我遲遲無法反應，後來是雪之下先開口。

「……我們本來就不可能知道別人在想什麼。」

這番冷言冷語讓由比濱接不了話，再度沉默下來。她手中的馬克杯，早已不再飄出熱氣。

雪之下沉痛地看著由比濱，繼續說：

「即使是互相認識的人，也不見得能理解對方。」

她低頭拿起茶杯，慢慢喝一口涼掉的紅茶，再把茶杯放回碟子。她的動作之謹慎，宛如討厭杯子發出聲音。

這段寂靜是讓我思考雪之下話中意涵的時間。

「……是啊。」

其實，那句話的意思相當明顯。雪之下所言極為正確，是挑不出毛病的真理。

我輕嘆一口氣，重新打起精神。

「不過，老是掛在心上也不是辦法。我們最好也維持平常的生活方式。」

如果希望一切跟之前一樣，什麼都不改變，周圍的人也得跟著這麼做。人與人之間的關聯很容易斷絕。不僅是內在要因，外在要因也如此。

由比濱緩緩重複我說的話。

「我們也維持平常的生活……嗯……」

她微微頷首，說服不太能接受的自己。

我也點一下頭做為回應。

這是我們的選擇。

不，應該說是我自己的選擇。

唯獨雪之下不肯點頭，用充滿魄力的眼神筆直看著我，一個字一個字地說道：

「『平常』是嗎……我明白了，那就是你所謂的平常。」

「……對。」

我回答後，雪之下輕嘆一口氣。

「……你的意思是不要改變，對吧。」

印象中，她曾經對我說過同樣的話。只不過，今天再次提起時，含意跟當時完全不同。她這次說的這句話沒有一絲暖意，有如一切都已結束，感到萬念俱灰。

我的胸口隱隱作痛。

「我問你……」

雪之下支吾半天，最後索性打住。她的視線到處游移，思考著怎麼開口。

──我懂了。她一定是想接續先前的話題。

她要說的，是當時沒說出口的話。

我放鬆在不知不覺間緊繃的身體，等待她的下一句話。

雪之下緊握裙襬，肩膀微微顫抖。過了一會兒，她才下定決心，吞一口口水。

然而，那句話終究沒能說出口。

「啊，小雪乃！那個，嗯……」

由比濱激動地放下馬克杯，打斷正要開口的雪之下。她的如此舉動，彷彿是直覺到不能讓雪之下說出那句話。

然而，這頂多是緩兵之計，對眼前的事實視而不見，以為瞞著眾人視線偷偷埋進土裡，問題便會自然消失罷了。

緊繃的氣氛沒有任何緩和的跡象。雪之下跟由比濱想著怎麼接話，再度沉默下來。

這個狀態其實沒持續多久。秒鐘繼續滴滴答答地行走。

我之所以注意到時間，是因為有人輕輕敲門，發出「咚、咚」的聲音。

我們一起看向社辦大門，但是誰也不開口。

外面的人又敲一次門。

「請進。」

最後是由我出聲應門。儘管回答的聲音不大，對方似乎還是有聽見。

大門「喀啦」一聲敞開。

「打擾囉。」

走進來的人是平塚老師。

2 隱隱約約，一色伊呂波散發危險的香氣

風從敞開的大門灌入室內。

平塚老師撥開左搖右晃的烏黑秀髮，踩著「喀、喀」的腳步聲走進來。

「有點事情想請你們幫忙……」

老師一邊環視我們一邊說著，然後露出疑惑的表情。

「發生什麼事了嗎？」

三個人誰也不回答。由比濱尷尬地把臉轉到一旁，雪之下閉著雙眼，擺出事不關己的表情動也不動。

這段不自然的空白時間讓老師更加疑惑。她不解地看向我。

我的心臟還沒強到能忽略別人直視過來的眼神，只好盡可能用平靜的語氣回答：

「不，什麼事也沒有。」

我自認這個回答簡潔明確，但平塚老師聽了，只是泛起苦笑。她大概也察覺到不對勁。老實說，只要是明眼人，看到雪之下跟由比濱都不答腔，肯定會覺得大有問題。

「我還是下次再來吧。」

「其實沒什麼關係。」

我的話中之意，是「不管老師哪天來，大概一樣是這個樣子」。即使過了明天跟後天，膠著狀態恐怕仍會持續。

「……這樣啊。」

老師似乎也讀出這句話背後的意思，聳聳肩，稍微嘆一口氣。

由比濱敏銳地察覺氣氛再度沉重，趕緊開口出聲。

「老師，請問有什麼事？」

「啊，對喔……妳們進來吧。」

老師朝門口呼喚，門外的人柔和地說一聲「打擾了」，靜靜地走進來。那個熟悉的人影綁著雙辮子，用髮夾固定瀏海，露出的光亮額頭頗為可愛。

沒錯，她正是現任學生會長巡學姐。

她的身後跟著另一位生面孔的女學生。

「我們有事情想來諮詢……」

巡學姐說明來意後，看向站在後面的女學生。

那位女學生乖乖地往前踏一步，亞麻色的中長髮隨之擺動。

她似乎天生擁有那樣的髮色，髮質也維護得很健康，夕陽照耀其上，反射出耀眼的光之粒子。

輕飄飄的頭髮搭配圓滾滾的大眼睛，給人小動物般的可愛印象；制服也有那麼一點點不整，過長的開襟毛衣袖口則被她輕輕握在掌中。

我看著她，納悶到底是什麼人。她泛起略顯害羞的微笑，轉向我們這裡。

這一瞬間，我的心中出現騷動。不過，當然不是因為我對她一見鍾情，純粹是腦中的警鈴響起。

「啊，伊呂波。」

由比濱一認出她，那位名叫伊呂波的少女也稍微把頭偏向一邊，用溫和的聲音打招呼。

「結衣學姐，妳好～」

「嗨囉～」

兩個人在胸前輕輕揮手。

「啊，原來妳們認識。那我就不用再介紹囉～」

巡學姐看到她們的互動，滿意地點頭。

一色伊呂波——

我對這個人名有印象。

沒記錯的話，她是一年級學生，擔任足球社的經理。我們在暑假前舉辦柔道大賽還是什麼莫名其妙的活動時，她直接闖進活動現場跟葉山糾纏……這麼說來，不知她跟三浦後來怎麼樣了……

不對，現在不是想過去事情的時候。

這次的委託八成正是跟一色伊呂波有關。

那麼，為什麼連巡學姐也要來？

我用視線請巡學姐說明，她點點頭，開口：

「大家應該知道，學生會幹部的選舉快到了吧？」

老實說，我完全不知道。只要沒被強迫參與籌劃，我一向對學校活動不抱持興趣，也不會有什麼概念。

我側眼窺看其他人的反應。由比濱同樣沒說什麼，只是默默地搖頭。

由此可知，學生會幹部選舉不是大家特別關心的活動。如果是認識的同學或朋友參選，自然另當別論。不過，大部分學生的校園生活非常平凡，幾乎沒有跟學生會打交道的機會。

對一般學生而言，學生會是一個「雖然搞不清楚那群人在做什麼，但那群人的確在做些什麼」的存在。學生會幹部的選舉說不定也是相同的感覺。

即使是我，要不是因為在校慶跟運動會幫過忙，大概也會抱持這種想法。由比濱大概也是如此。

唯有雪之下不同。

「知道。投票的消息跟候選人名單應該都已公告出去。」

「不愧是雪之下同學，說的沒錯。除了無人參選的書記，其他職位都已經公布。」

巡學姐聽到雪之下的回答，高興地拍幾下手。

「其實，原本應該要更早投票。但因為參選人數遲遲湊不齊，才決定延期舉行。繼任人選不趕快出爐的話，我也沒辦法交棒……嗚嗚嗚～」

她半開玩笑地假哭幾聲。

「校方也太仰賴妳了。我個人是希望在運動會期間便完成交接……」

「哪裡，一點也不會！而且我已經推甄上大學，不用再準備大學考試。」

平塚老師擔憂地看著巡學姐，巡學姐笑著揮手表示「沒關係」。

仔細想想，這也是理所當然。巡學姐是三年級學生，再過不到幾個月便要從總武高中畢業。

能看到溫溫和和的巡學姐的日子已經不多，我趕緊趁現在多看幾眼。這時，她想起自己還有話沒跟我們說完。

「啊，對喔，差點忘記跟你們解釋。所以，我們學生會全體幹部組成選舉管理委員會，把這個當做最後的任務。」

換句話說，現任幹部都不會投入這次的選舉。

想想也是。他們一定覺得跟巡學姐一起工作非常有價值，而且還一副樂在其中的模樣。還是說經歷驚濤駭浪的校慶跟運動會後，他們早已不斷在心裡吶喊「我不要再待在學生會啦～～」

「然後，現在已經完成選舉公告……」

「ㄍㄨㄥ ㄍㄠˋ……」

由比濱低聲複誦聽到的辭彙。然而，今天沒有人好心為她說明。平時總是第一個注意到的雪之下撫著下顎，看起來在思考什麼。

「以我們學校來說，公告大致上就是公布投票日期跟參選名單。」

平塚老師於心不忍，在旁解釋給由比濱聽。由比濱連忙道謝，用笑聲掩飾過去，並且轉移話題。

「謝、謝謝老師。啊哈哈……那麼，那個『ㄍㄨㄥ ㄍㄠˋ』怎麼了嗎？」

這時，巡學姐看了一色一眼。

「一色同學要參選這一屆的學生會長。」

喔～～這個人要參選學生會長啊……我知道這樣說有點失禮，但我實在無法想像。不管我怎麼看，都不覺得她對學生會的工作有興趣。

我盯著一色猛瞧，納悶她跟學生會格格不入，為什麼還要參選。一色察覺我的視線，把臉轉過來，對我連眨幾下眼睛。

她似乎現在才注意到我的存在。等一下，妳剛才明明看過我這裡……難道妳把我當成裝飾品還是什麼東西？全世界有哪個社團會在社辦放這麼前衛的圖騰柱，妳說說看啊！

不過，一色不但沒有對我露出嫌惡表情，還像是發現什麼，用手遮住臉上的笑意。

「啊～你是不是覺得我跟學生會格格不入？」

「啊，沒有。我沒有那個意思。」

看著她的笑容，我不禁閃爍其詞。

好吧，畢竟人不可貌相，用人設決定追不追一部動畫乃不智之舉。我偷偷別開視線，拋棄先入為主的觀念。

結果，一色不太高興地扠腰，把身體湊向前對我說下去：

「人家常常被說很遲鈍又慢半拍，所以清楚得很喔～」

糟糕，這個女的不太妙。

儘管她帶給人輕飄飄的印象，骨子裡其實是正值青春年華的少女，對時下女高中生該有的樣子再瞭解不過。裙子的長度不及膝蓋，化妝著重淡雅自然，乳黃色開襟毛衣的袖子稍微蓋過手腕，領口的蝴蝶結也只是鬆鬆地掛著，其間露出的空隙使鎖骨若隱若現。

她的外表溫和，卻表現得跟大自己一屆的由比濱沒有距離，彷彿自己跟她相當熟識。

……這個人果然很危險。

她正是習慣處在眾人的目光下，能發揮大家對自己期盼之角色性的「女高中生」。有種刻意將穩重的性格與女性婉約的一面完全表露在外，不讓人窺見其內心世界的感覺。

根據過去的經驗，這種人很有可能是地雷。

自認直爽乾脆或自稱嘴巴很壞的人，其實只是欠缺細膩的人渣。相同的道理，明明沒有人問便迫不及待地自我介紹、幫自己定義的傢伙，十之八九也不是什麼好東西。自認個性天真的人也一樣。

既然說到這個，我順便提一下。會說出「反正我就是專門吐槽的人嘛」等等蠢話的白痴，同樣可以歸進上述類別。自稱專門吐槽的傢伙最喜歡喊著「喂——」敲別人的頭，或者不過是跟別人進行單純的對話，卻動不動插一句「所～以～呢～」還露出賊兮兮的笑容。每次看到這些行為，我就覺得倒盡胃口。自以為是搞笑藝人的白痴，總讓我莫名地火大。他們還有另一個特徵，是腦中深植「我會捉弄別人我超有趣」的錯誤觀念，輪到自己被捉弄時，卻又翻臉不認人。最後這段補充未免也太多餘。

總而言之，我對一色伊呂波的印象，即是有點假惺惺，又有點倒胃口。

不過，其他人似乎對她沒什麼意見。也罷，可能只是我自己反應過度。

「……那麼，妳有什麼問題？」

一直默默聽著的雪之下鬆開盤起的手，慢慢放到桌上。她大概逐漸失去耐性，口氣有些焦躁。

巡學姐這才發現還沒進入主題，趕緊開口補充。

「一色同學要參選學生會長……不過，該怎麼說呢……希望你們能幫忙，讓她不要當選。」

她大概也很猶豫該怎麼表達，用字遣詞有點曖昧。一色登記參選學生會長，但是又不想當選——我開始思考這句話的意思。

「嗯……簡單來說，是想要我們讓她輸掉這場選舉？」

從現有的事實思考，我自然而然得出這個結論。巡學姐也點頭同意。一旁的由比濱聽了，頭上冒出一堆問號。

「所以……妳其實不想當學生會長？」

「啊，是的，沒錯。」

一色認為自己跟由比濱熟識，說起話來比較沒壓力。她一派輕鬆地回答，完全不覺得自己有什麼不對。

然而，從旁人的角度看來，實在很難苟同那句話。不管背後的原因如何，至少那都不是學生會長參選者應有的態度。

「……那麼為何還要參選？」

面對雪之下的責問，一色這才開始不知所措。

「其實，我沒有主動登記參選，是其他人用我的名字……」

什麼？妳該不會是哪裡的偶像吧？

一色說到這裡，不知為何害羞起來，我不禁用死魚眼瞅著她。不過，她不在意我的視線，或根本無視我這個人的存在，戳著自己的臉頰沉吟思考。

「嗯～不知道是不是我容易惹人注意？這種事情滿常發生的，我又是足球社的經理，跟葉山學長和其他高年級的很要好，他們可能是看我這個樣子，所以說我很適合當學生會長～」

我不太懂她究竟想表達什麼，但還是先努力理解看看。她剛才說了一句話，讓我有點在意。

「……妳是不是被欺負？」

「不算欺負，比較像得意忘形吧～班上的幾個朋友聯合起來捉弄我～」

一色豎起食指抵住下顎，一邊思考一邊說。她慢條斯理的說話方式，讓我開始感到頭痛。

這個人到底想表達什麼……

「所以，這次我覺得也是一樣～」

原來如此，我完全不懂。

雖然完全不懂，但還是能大致歸納出「總是被捉弄的我一不小心得意忘形，等發現時自己已經變成學生會長」的結論。不是說現在早就不流行又臭又長的標題嗎？別再來這套好不好⋯⋯

人們容易因為群眾起鬨而得意忘形，不好好想清楚而釀成作夢也想不到的事態。看來一色同樣犯了年輕人才會犯的錯誤。

話說回來——

她的確是容易被女生討厭的類型。

這點我非常清楚。

她是溫溫和和、輕輕柔柔，清純卻一點也不純真的隱性蕩婦。我念國中的時候，也遇過這樣的傢伙。她把男生玩弄於股掌間，我甚至以為她是雜耍師呢。連風間武藏（註7）都沒辦法釣到那麼多魚，她用的究竟是什麼餌？

先不論一色因為得意忘形而闖禍，在背後策動的人肯定懷有相當程度的惡意。

「可是，一般學生能代替別人登記參選嗎？」

由比濱稍微舉手發問。平塚老師交疊雙臂，嘆一口氣。

「提交參選文件的時候，沒有確定是不是本人。」

「嗚嗚⋯⋯都怪我們選委會太疏忽⋯⋯」

巡學姐垂下頭，愧疚地呻吟。順帶一提，選委會當然是「選舉管理委員會」的簡稱，跟陸奧、長門、金剛等戰艦沒有任何關聯（註8）。

註7　指橫跨動漫畫之作品《小釣手武藏》主人公。

註8　選委會之原文為「選管」，發音與戰艦相同。

平塚老師拍拍她的肩膀。

「沒辦法，誰也不會想到竟然有人惡作劇，冒名替人登記參選。說是你們的過失未免太過苛責。」

「我們明明仔細核對過連署名冊……」

巡學姐尚未振作精神。她的這句話中出現一個陌生辭彙，於是我開口詢問。

「連署名冊？」

「沒錯，參選人必須得到一定人數的連署推薦。這個部分我們有確實核對。」

喔──所以想參選還得先有人連署啊。

好吧，這也是可以理解的。要是哪個完全沒有人望的傢伙出來參選，大家只會當成笑話。再說，這種傢伙大量出現也是徒增麻煩，所以要設下這道初步門檻。

照這樣思考，連署人數是選委會一定會檢查的資料。反過來說，只要達到連署門檻，即可完成登記。

現任學生會幹部個個很有抱負，所以沒料到有人為了捉弄同學，而冒用對方的名字登記。

這個社會正是因為不時出現超乎我們想像的白痴，才顯得恐怖。

「不過，他們準備得也真齊全。我沒記錯的話，連署的門檻是設三十人。」

感到戰慄的並非只有我一個人，雪之下的聲音也有點低沉。

「那麼多？他們太厲害了吧……」

由比濱同樣半呆愣半驚恐地說道。

不過，這其實沒什麼好驚訝。

匯聚惡意的難度遠遠低於善意，如此而已。如果那群人覺得一色開始得意忘形，而有一絲「給她顏色瞧瞧」的意思，更是不在話下。我想，他們在連署名冊上簽名的心態，跟動動手指在推特上按「轉推」一樣隨便。這有如惡意版的懶人行動主義（註9）。

受不了，真不知道該怎麼說……平塚老師同樣面露難色。

「當然了，那些惡作劇的同學交給我管教。好在連署名冊上的三十個人都是真實資料，算是不幸中的大幸。」

「在名冊上寫本名？他們是白痴嗎……」

「那些人欠缺思考能力，想不到事情的嚴重性吧。」

平塚老師苦笑著說道。

好吧，有道理。最近時常聽聞超市工讀生把自己關進冷藏櫃，或餐廳店員在後台胡搞瞎搞，還開開心心地拍照上傳到推特的消息。竟敢在網路上宣揚自己幹的蠢事，還不遮一下本名跟長相，這豈不是昭告天下「快來逮捕我」？

「請問，不能取消伊呂波的參選資格嗎？有沒有退出參選的方法？」

註9 Slacktivism，懶惰（slacker）與社會運動（activism）之合成語。指以不需耗費勞力的方式進行之社會運動。

一色聽到由比濱這麼問，往前踏出一步，沉痛地告訴她：

「這個啊～班導師可是超興奮的，還大力支持我呢～我告訴導師想退出選舉，卻被他反過來鼓勵……可是，光是看班上沒有人願意幫忙助選演說，便猜得出結果會怎麼樣了……而且妳不覺得得到老師的支持，根本沒什麼用嗎～」

啊～我瞭解我瞭解。如同告訴打工地方的老闆自己要辭職，老闆一定會啟動修造模式（註10），用熱血中不失溫柔的方式開導「留下來！不要放棄！我們一起努力！」強力把你慰留下來，生怕連你也跑掉的話，店內人手會拉警報。如果你執意辭職，老闆會半惱羞成怒，轉而對你訓話：「你這樣怎麼行呢？連這點苦都吃不了，以後如何在社會上生存？」

最後，你實在拗不過老闆，只好選擇擺爛……（遠望）

平塚老師也無奈地搔搔臉頰。

「我也跟一色的導師談過……可是，他屬於不會聽別人說話的那種人。」

「啊，原來如此……」

我點點頭，表示多少察覺背後的情況。接著，老師一副受不了的模樣，低頭看向腳邊。

「他在心裡編出一套『班上一名缺乏自信的學生，在導師跟同學的鼓勵下成為學生會長』的感人劇本，還鉅細靡遺地說給我聽……」

註10　指前日本網球國手松岡修造。在網路影片中以熱血亢奮形象廣為人知。

我懂了，原來是那種人……世界上最惡質的，莫過於堅信自己做的事情是對的人。

「我煩惱了半天，最後決定找城迴商量。」

老師說完後，巡學姐跟一色一起點頭。

看樣子，是巡學姐得知一色的狀況，苦思不出該怎麼辦，跟平塚老師進一步討論後，決定把這個問題帶來侍奉社。

「所以，取消參選的方式不太可行囉。」

即使能取消參選，一色的導師恐怕也不會接受。而且問題不只如此，巡學姐不安地用手指繞著從頭上垂下的辮子。

「嗯……再說……怎麼取消參選，也是一個問題……」

「這樣啊……」

正當我疑惑難道有什麼理由時，雪之下撫著下顎，緩緩道出自己得出的結論。

「是不是因為選舉規章內，沒有取消參選的相關規定？」

巡學姐聞言，訝異地連眨好幾下眼睛。

「雪之下同學，妳知道得真詳細……沒錯，規章內沒有取消參選的條目……」

原來如此，仔細想想也有道理。在正常情況下，會參選學生會幹部的人一定都很有熱情跟理想。當初訂定規章的人，也不會想到要預防現在發生的這種狀況，特別編寫條文。雪基百科果然厲害，沒有她不知道的事。

「啊，用伊呂波是一年級學生，不能當學生會長為理由怎麼樣？」

由比濱舉手提出意見，但是雪之下沉重地搖頭。

「……沒辦法。」

「咦？為什麼？」

由比濱對此感到不解，巡學姐無力地笑笑，告訴她原因：

「因為規章內同樣沒有年級規定，限制只有二年級學生能參選會長……」

「也就是說，之前由二年級學生參選會長，只是不成文的慣例。」

經雪之下補充，由比濱總算理解，再度露出傷腦筋的樣子。

儘管校園內存在這條潛規則，一旦沒有白紙黑字寫進規章，便不足以構成撤銷參選資格的理由。

既然無法鑽條文的漏洞，使一色的參選資格無效，我們只能從選舉活動期間尋求其他手段。

「不願意當學生會長的話，想辦法落選即可。坦白說，我們也只剩下這個方法。」

這是最可行的方法。不論候選人多想當學生會長，若無法拿下最高票數，便絕對無法當選。說得簡單些，不想當選學生會長的話，在選舉中落敗最為有效。

巡學姐聽了，依舊落寞地垂下視線。

「嗯……但是，參選的只有一色同學……」

雪之下幫她把話接下去。

「也就是說，這是一場信任投票。」

「對，所以結果幾乎已經確定……」

如果參選人只有一人，會採取信任投票。信任投票不同於複數參選人時使用的多數決，選票上僅有「同意」和「不同意」兩個選項，讓投票者圈選是否要把學生會長的職位交給她。

採取信任投票的話，大家通常不會想太多，直接在選票上圈選「同意」。當然了，難免有些喜歡惡作劇的人，故意圈選「不同意」。不過，這種人僅占其中少數。只要「同意」的票數超過一半，即代表參選人受到信任，除非有什麼意外，不然便篤定當選。

說是這麼說沒錯——

「其實，只是要輸的話，仍然有方法……」

我把腦中的想法說出口，一色馬上不高興地鼓起臉頰。

「等一下～信任投票還落選的話，不是超丟臉的嗎！光是信任投票就已經夠虛了……而且丟臉得要命，我不要！」

天啊～這個人太任性了吧——妳正是因為那種個性，才會讓事情變成現在的樣子，有沒有一點自覺啊？

——我的腦中閃過這個念頭。但是冷靜想想，一色是被別人冒名登記參選，自然不能怪罪於她。之所以演變成今天的局面，固然出自過去的諸多遠因。可是，為此勉強沒有意願的她成為學生會長，或因為沒通過信任投票造成她的心靈受傷，難道就合情合理？好吧，我不是不能體會她的心情。自己不得不讓步，吞下多數決施加的不合理內容，本身即為難以接受的事。

所以，光是落選還是不行。

「目前只進行到公布參選人的階段對不對？」

為了理出頭緒，我向巡學姐確定幾個問題。

「咦？對，沒錯。」

「然後，幫一色助選演說的人選還沒決定。」

「嗯，對。」

巡學姐對我點頭，但是她滿臉疑惑，不知道我問這些問題的目的。

沒關係，對我來說，這樣便很足夠。我已經蒐集到所有必要的資訊。

「那麼，事情便好辦了。」

「嗯……什麼意思？」

我一邊歸納，一邊說出自己的想法。

「我們的目的是即使真的得進行信任投票，也能確保一色在不受傷害的情況下安然下樁。沒有錯吧？所以，讓學生瞭解一色沒通過信任投票的原因不在她身上即可。」

「真的有辦法嗎？」

一直靜靜聆聽的由比濱開口詢問，我對她點點頭。

「因為助選演說而使信任投票不通過的話，大家便不會把焦點放在一色身上。」

把失敗的理由、拒絕的原因、被否定的責任推給別人即可。

使用這個方法的話，現在還來得及。

在繼續說明具體做法之前，我先暫時打住。

這麼做不是為了整理思緒，不是為了調整呼吸，也不是為了掌握對話節奏。

而是因為我感受到詭譎的沉默。

由比濱緊閉嘴唇，用悲傷的眼神盯著我，像吞下什麼苦澀的東西低下頭。巡學姐注意到異常，疑惑地來回看向我跟由比濱。一色也敏銳地察覺氣氛改變，不安地扭動身體。

接著，是一陣細微的「喀噠」聲。

我反射性地看向聲音來源，雪之下把手置於桌上。大概是她鬆開盤起的雙手時，外套袖子的鈕釦敲到桌面。

在一片靜寂中，那個聲音格外響亮。

雪之下打破沉默，冷冷地說：

「我不可能同意你的做法。」

聽到她譴責、定罪般的口吻，我的眉毛跳了一下。

「什麼理由？」

「……因為……」

我沒有質問的意思，但語氣還是尖銳了些。雪之下短暫游移視線，修長的睫毛在眨眼時跟著靜靜晃動。

這一切僅發生在短短一瞬間。她很快地將視線移回來，用比先前更強烈的意志凝視我。

「……你的做法欠缺可靠性，無法保證信任投票絕對不會通過。而且，導致投票不通過的助選演說也會造成一色同學的困擾。即便最後不信任的票占多數，你認為大家還想耗費時間跟精力再選一次？總武高中從來沒有這樣的先例。還有……還有，一般學生對學生會事務漠不關心，就算不公開得票數只宣布結果，也不會有人在意……所以，只要有這個意思——」

雪之下投來銳利的眼神，滔滔不絕地說著，如同要把腦中想到的理由一個不漏地列出來。

平塚老師溫柔地規勸她。

「雪之下。」

「……對不起，我失言了。我收回前言。」

雪之下這才打住，向巡學姐低頭道歉。巡學姐泛起微笑，搖頭表示沒關係。

當著選舉管理委員巡學姐的面說出「只要有這個意思，校方跟選委會多少有辦法操控選舉結果」這種話，確實很不得體。

嘰——某人的椅子發出聲響。

由比濱將臉轉過來，跟我面對面，但視線完全沒有交集。

「我問你……演說，要誰來負責……那個工作，感覺好討厭……」

她的聲音很微弱，卻在我的耳畔迴盪不已。

「當然是……交給適合的人負責。」

雖然嘴巴上這麼說，最適合的人是誰，我其實心知肚明。不用說也知道，由誰負責這項工作最有效率。

太陽逐漸西沉，在社辦內灑下陰影，使日光燈的照明顯得更亮。

一直看著下方的雪之下忽地抬起頭。

「城迴學姐，一色同學退出選舉的話，還必須找新的參選人遞補。」

「嗯，的確……」

巡學姐回答後，雪之下輕嘆一口氣，說：

「看來只剩下擁立別的參選人，讓他勝選這個方法了。」

「真的有人那麼想參選的話，還會拖到現在嗎？而且妳打算怎麼擁立，難道要一個人一個人慢慢問？」

「不過，直接找可能願意參選的人的話……」

由比濱一邊動腦，一邊說出自己的想法。

「……好吧，先假設有人答應參選好了。接下來呢？他有可能贏過這個一年級的嗎？妳們應該也知道，高中的學生會選舉其實跟人氣投票差不多。」

我瞥一眼一色。

她的戰鬥力出乎意料地高。

她給人的第一印象是相當可愛，大可輕鬆進入一般人心中的美少女標準。再加上溫和沉穩、陽光開朗的形象，受男生歡迎的程度在校內想必數一數二。

高中的學生會選舉中，真正的焦點不在政見或宣言。

大家心裡都很清楚，即使提出改革學校制度的政見，實現的可能性也很渺茫。參選人或許會開出爭取穿著便服上學、放寬校規、開放校舍屋頂的支票，但是從來沒有人試著兌現過。

排除政見與宣言後，真正較量的是什麼，答案便呼之欲出——純粹是參選人的人望，以及親朋好友的動員力。

既然學生會選舉等於人氣投票，我所能想到最有希望獲勝的人選，就屬葉山跟三浦。可是，葉山已經有足球社社長的要務在身，至於三浦，如果她維持那樣的個性，也很難勝任學生會長一職。

所以我們只能退而尋求次等人選。不過這樣的話，勝選的機會也將跟著降低。

更何況，我們不是找到人選，向對方拜託便了事。

後面還有更棘手的問題等著。

「在投票日之前必須找到人選，完成交涉，然後投入選戰。這些真有辦法通通完成？而且，我們非得讓對方當上學生會長才行。已經物色到適合人選的話自然另當別論，問題是我們現在根本找不到人選。」

我明確地告訴雪之下，她的方式不可行。雖然沒有任何責備她的意思，我也一直在心裡提醒自己保持冷靜，說話的聲音仍然越來越低沉，語氣也尖銳起來。

「比、比企谷同學？」

巡學姐對我的反應感到訝異。連旁人都明顯看出我的焦躁，自己卻現在才注意到。

「……」

雪之下跟由比濱都默不作聲。

其實不用等我開口，她們肯定也很清楚。只要熟悉學校的運作方式，或是動腦思考一下，皆不難理解這個道理。

話雖如此，我們依舊得不出明確答案，任沉默繼續鼓譟。

沉悶的氣氛讓人呼吸困難。

視線一隅，一色疲憊地嘆一口氣，「我為什麼非待在這裡不可」的窘態表露無遺。

看到別人疲憊的時候，自己也會感到疲憊。不知不覺中，我也嘆一口氣。

「看來短時間內恐怕得不出結論。」

始終靠在牆上的平塚老師打破沉默，「嘿咻」一聲站直身體。在場的人跟著更換姿勢，稍微伸展筋骨。

雪之下端正坐姿，對巡學姐說：

「……城迴學姐，能不能多給我們一些時間？」

「咦？啊，嗯……當然可以。」

巡學姐疑惑一會兒才回答，平塚老師輕輕推她的背。

「那我們改天再來。城迴，一色，走吧。」

「平塚老師，可以借用一點時間嗎？」

老師正要帶她們離去之際，雪之下再度出聲。她的表情比以往冰冷，一副相當沉痛的樣子。

「啊，那麼，我們先失陪了。」

巡學姐也有所察覺，帶一色先離開社辦。平塚老師目送兩人離去後，回頭看向我們。

「說吧，妳要問什麼？」

老師拉開椅子坐下，翹起修長的腿。

×　×　×

社辦內的光線更昏暗了。相形之下，窗外的天空染成一片火紅。

隨著冬至逐步接近，夜晚一天比一天提早降臨。

平塚老師靜靜等待雪之下的問題。

桌上的紅茶已經冷透，準備好的點心完全沒有減少。

社辦內只有時鐘的秒針滴答作響，以及某人不時發出的嘆息。經過好一陣子，雪之下總算開口。

「我想起一件事。」

「啊？什麼事？」

她不回答我，轉而看著平塚老師。

「目前的比賽情形如何？」

「比賽？」

包括老師在內，所有人聽到意料外的辭彙都眨眨眼，露出不解的表情。

我在記憶中翻找一陣，才想起這件事。

雪之下所說的「比賽」，即為侍奉社的比賽。

比賽誰能解決最多人的煩惱，侍奉最多的人。贏家可以對輸家提出任何要求。

這是我進入侍奉社時，平塚老師提出的比賽。

「比賽……什麼比賽？」

由比濱窺看我們的反應。

我又想起，這場比賽曾在中途更改規則。

「誰能解決最多人的煩惱，侍奉最多人的比賽。過程中允許互相合作。贏的人可以對輸的人提出任何要求。」

我簡單扼要地說明完，由比濱發出半訝異半疑惑的聲音。

「原來有這個比賽……」

平塚老師似乎沒跟她說明過。不過，我也猜得出老師為什麼沒告訴她。一切的元凶──平塚老師有些坐立難安。

「嗯，這個嘛……」

她盤起雙手，偏頭思考。

「戰況究竟如何呢～嗯……多人一起解決的問題也不少～所以，你們都表現得很不錯。嗯，對。」

「……」

雪之下聽了，依舊維持冰冷的表情，繼續盯著平塚老師。

「唉……」

平塚老師無奈地嘆一口氣。她原本大概想蒙混過去，但是在雪之下緊迫盯人的視線下，也不得不舉白旗投降。但老實說，最近的確出現不少難以判斷誰勝誰負的委託。我們大多是整個社團一起行動，很少分頭各做各的。

話雖如此，雪之下並不接受這樣的模糊地帶。她持續對平塚老師施加無言的壓力，老師也總算正眼看向她。

「除了當初的委託，你們也在我不知情的情況下進行侍奉社活動。所以嚴格說起來，整體勝負確實很難判定。不過……」

「不過？」

在雪之下的催促下，老師環視我們一圈，緩緩開口。

「判定勝負的標準，是我個人的獨斷與偏見。因此，如果是你們三人的相對評價，我還分得出來。」

「我沒有意見……你們呢？」

雪之下側眼看一下我們。

我同樣沒有意見。由比濱雖然還有點在狀況外，她也點頭同意。

平塚老師確定三人的想法後，跟著點一下頭。

「單純由結果而論的話，比企谷暫時領先；把過程跟後續發展列入考慮的話，雪之下表現得比較好。但是不論怎麼樣，若沒有由比濱的貢獻，一切結果都不會發生……」

這番話有點出乎我的意料。想不到老師對我的評價這麼高。

以整體方面考量，我的表現固然不是很理想。可是，這樣的成績仍然遠遠超出我的預期。

我看看另外兩個人，想知道她們如何看待目前的結果。由比濱沉著一張臉，不知在思考什麼。至於雪之下，她雙眼緊閉，維持直挺挺的坐姿動也不動。經過一會兒，才用沒有抑揚頓挫的冰冷語調輕聲詢問：

「……所以，還沒分出勝負？」

「就是這個意思。」

得知老師的回答後，她繼續問：

「既然比賽還在進行，我們在處理這份委託的方式上意見分歧，也沒有任何問題對不對？」

「嗯……這是什麼意思？」

由比濱不安地縮起肩膀。

我也讀不出雪之下的意涵，靜靜等待她的下一句話。

雪之下僅看一眼由比濱，不看我便接著說道：

「意思是，我沒有必要採取跟他相同的做法。」

這句話可說是再正確不過。打從一開始，我們便沒有相互合作完成委託的義務。以目前的關係而言，我們沒有哪一次合作的過程順順利利。

「有道理。勉強自己配合別人也沒什麼意義。」

「……沒錯。」

雪之下僅簡短回答兩個字，便不再開口。平塚老師聽了，短暫考慮一下，然後死心似的嘆一口氣。

「這也是不得已的，照你們喜歡的方式做吧。那麼，在事情解決之前，社團活動要怎麼辦？」

雪之下似乎早已想好這個問題，眼睛眨也不眨地馬上回答：

「我打算改成自由參加。」

「……好吧，這樣也好。」

老師也接受雪之下的提案。至少以當前的情況來說，勉強把我們綁在一起行動，實在沒有任何意義。既然現在變成兄弟爬山各自努力，我便不需要再特地來社辦。所以，我不反對雪之下的決定。

我拿起書包，從最靠邊的專屬座位起身。

「那麼，我要走了。」

「啊！等、等一下！」

「喀噠」一聲，由比濱跟著站起，要把臉轉過來。我只是輕輕按住她，制止她的動作。

「……妳最好也想清楚。」

「咦……」由比濱愣在原地。

不知她是否明白我這句話的意思。這不僅限於今天的委託。

或許，我們都該好好思考之後的路該怎麼走。

由比濱什麼話也說不出來，我逕自轉過身去，走向大門口。

這時，背後傳來雪之下的低語。

「虧我們兩個最討厭的，明明就是互相親近……」

我自然地回頭看她。

她的臉上掛著自嘲般的悲傷微笑，我想不出能回答什麼，只是輕輕關上大門。

× × ×

我背好沉重的書包，在空蕩蕩的走廊上走著。整棟校舍安安靜靜，我的腳步發出唯一的聲響。

從窗戶往外看向校園，運動型社團的活動還沒結束。

操場上散落著人影，有些人正要開始收拾器材，有些人在做收操運動。

我邊走邊望著那些人影。這時，後方傳來清脆的腳步聲，逐漸往這裡接近。

「比企谷。」

我認得出那是誰的聲音，所以不打算回頭，只是短暫停住，然後放慢腳步。

平塚老師加快速度，很快便跟我並肩行進。

「雖然問了大概也是白問……」

老師隨意撥開長髮，如此嘟噥。不愧是老師，果然很瞭解狀況。

然而，她似乎也不能就此不問。我們一起走下樓梯時，她終於開口。

「你們究竟發生什麼事？」

「沒什麼。」

我早已算不清楚，自己回答過多少次這個問題。

有人說反覆告訴自己一樣的內容，能讓自己漸漸相信。事實上，根本沒有這回事。那樣做反而會讓自己心生懷疑。

不知平塚老師是否瞭解這個道理。她忽地苦笑一聲。

「是嗎？好吧。反正我也不認為你會老實回答。」

她再也沒有追問什麼。我們走下樓梯，沿著走廊繼續行走，一路上不發一語。轉過前方的轉角，是教職員辦公室，若不轉彎直直前行，則會到達大門口。

來到分開的地方，我正要道別時，老師先一步開口。

「你是一個善良的人……受過你拯救的人其實不少。」

「不，沒有……」

我不那麼認為。不論是善良還是拯救，都不是出自我的手。我並沒有了不起到能夠拯救別人。

再怎麼說，拯救別人不是一件容易的事。他們不過是發現比自己更悲慘的人，產生被拯救的心情，從別人的行為尋找意義，以自我慰藉。

這一切不是因為我做了什麼。

我正要否認時，平塚老師輕眨一下眼，示意我不要開口。

「想想我剛才對你的評價。」

「……那是老師太抬舉我。」

老師聽到我的答覆，挺起胸口發出「哼哼」的笑聲。

「別看老師這樣，我可是很偏心的喔。」

「身為老師說這種話，真的沒問題嗎？」

「我的教育方針是用稱讚讓學生成長。」

雖然她說得得意洋洋，但真的是那樣嗎……我怎麼不記得被她稱讚過……

「我實在不這麼認為……」

我聳聳肩膀，平塚老師泛起微笑。

「當然了，相對地我也會訓斥你們。」

夕陽照進由大量玻璃拼成，設計成船隻造型的校舍。儘管空蕩蕩走廊上的陽光柔和，但也沒有一絲暖意。

平塚老師站在背光側，遮住陽光。

我要往大門口的方向走，老師則轉向教職員辦公室。兩人交身而過時，老師輕輕拍了拍我的肩膀。

「當你遇到真正需要幫助的人時，你的方法將發揮不了作用。」

喀、喀——走廊上只剩老師逐漸遠去的腳步聲。

3 再怎麼摸索，雪之下陽乃依然深不可測

腳踏車追逐著自己的影子。

傍晚將盡，河岸的林蔭道完全暗下。我踩著腳踏車的踏板，把緩緩沒入東京灣的夕陽拋在後方。

侍奉社的活動暫時改為自由參加。所以從明天開始，我得以不用這麼晚回家。在生存戰的比賽規則下，我跟另外兩人的方法不同，便不用勉強自己配合她們。我已經決定好自己的方法。這個方法不需要什麼功夫，只需在投票當天動些手腳即可。

因此，在投票日來臨前，我唯一要做的就是避免妨礙她們。

更重要的一點——

即使我什麼都不做，只要她們有採取行動就好。她們一定能用更圓滿的方式解

決問題。

我選擇互不干涉。

誰說非得刻意拉近彼此的距離，弄得關係險惡不可？找出適當距離，並且保持那樣的距離，同樣是與人相處之道。

社團活動的事情，暫且思考至此。

但是說也奇怪，人類這種生物越是不想思考什麼，越容易往其他地方胡思亂想。我才剛把學校的事忘到腦後，家裡的事便自動填補空缺。結果，我想起早上在客廳跟小町鬧得不愉快。

她會不會還在生氣……

如果小町只是表面上發脾氣，我大可在心裡想著「真可愛」了事。但如果她開始對人不理不睬，便代表她真的在生氣。老爸也常常因為被她當空氣看待，跑去找老媽哭訴。

今天父母親應該也會晚回家，所以家裡只有我跟小町兩個人。

在正常情況下，家裡只有自己跟妹妹是讓人雀躍不已的事。等等，這種情況好像一點也不正常。

然而，唯有今天這一天，我不知道該怎麼面對她。

還是等晚一點，小町的氣消了再回去吧。

於是，我把腳踏車的龍頭轉向右邊。

離開學校後走右邊的國道，可以通到千葉。那裡有電影院、書店、電動遊樂場、漫畫咖啡店等場所，是打發時間的好所在。

畢業旅行期間，我也是一刻不得閒，幾乎沒機會一個人好好靜一靜。旅行回來的週末，又窩在家中虛度過去。

現在總算能擺脫束縛，自由自在地翱翔了。我所喜歡的，本來就是獨處的時間。

我開始盤算要去哪裡打發時間，心情隨之平靜下來。

腳底踩著踏板，嘴上哼著「公主公主公主公主♪」，我化身為飆速宅男，在漫長的國道上前進。

× × ×

夕陽幾乎完全西沉時，千葉開始變得生氣蓬勃。我從十四號國道進入市區，往中央站的方向前進。

這一帶有安利美特、虎之穴，還有電影院，絕對不會讓人感到無聊。

我逛了幾間商店，購買幾本書，站在電影院前的告示牌仔細研究。

一齣略有興趣的電影在一小時後上映，不如在附近找一間咖啡店，喝杯飲料再回來，時間應該剛剛好。

電影院樓下正好有一間星巴克，可惜我始終搞不懂他們的點餐方法，也對自以為潮的文青不敢恭維，於是決定另覓他處。每次經過星巴克，看到裡面坐著一個戴文青眼鏡、用 MacBook Air 的傢伙，那種地雷感實在難以用言語形容。超想拿一顆蘋果往他的眼鏡上砸。

電影院的斜對面有一間甜甜圈店，在那裡喝咖啡可以續杯，即使是咖啡歐蕾也提供續杯服務。點一杯咖啡歐蕾，調得很甜很甜再喝下去更是美妙。那正是千葉的口味。難得的下午茶時光，當然要好好享受才行。

我進入店內，點一個歐菲香、一個法藍奇，再加一杯咖啡歐蕾帶上二樓，走向吧檯座位。

哇——一邊享用甜食、喝甜膩膩的飲料一邊閱讀，簡直幸福得不得了！即使是高高在上的偶像，在被冷言冷語刺傷時吃一些甜食，也會馬上變得幸福喔（註11）！

我懷著雀躍的心情尋找空位。這時，視線一角好像有個人影看向這裡。

「哎呀，真是稀客。」

我看向發話的女性。對方取下耳機，露出笑容，對我揮揮手。

她身穿白色豎領上衣、粗織開襟毛衣，配上一件長裙。我可以想像出長裙底下一定是一雙修長美腿。大概是她平常給人印象的關係，雖然全身上下皆為冬季裝扮，看起來仍然很輕盈。

她是侍奉社社長雪之下雪乃的姐姐，能力凌駕於雪之下以上的超完美女性，雪

註11 出自動畫《偶像大師》片尾曲「THE IDOLM@STER」之歌詞。

之下陽乃。

陽乃跟這種甜甜圈店實在不怎麼相稱。把場景換到星巴克的窗邊吧檯的話，肯定美麗得像一幅畫。

我完全沒料到竟然在這種地方撞見她，身體不自覺地僵硬。

她的桌上擺著好幾本攤開的書，沒有一本是文庫本，其中有的裝訂還特別豪華。我大略掃視過去，書中淨是滿滿的英文字。她看的該不會是外文書？

「……啊，妳好。」

我簡單點頭問候，隨即走到遠離她的座位坐下。話說回來，為什麼開口的第一個字永遠是「啊」？難不成跟英文單字的「a」一樣，非得接在最前面才行？

總之，先吃一口法藍奇再說。

可惡……她為什麼會出現在這裡……早知道就用外帶的……太大意了……進來之前應該先確定有沒有認識的人……

沒辦法，趕快吃完東西，速速閃人吧。

我正要大口喝咖啡歐蕾時，很不巧地發現飲料燙得要命。

怕燙的我「呼——呼——」地對著杯子猛吹。這時，陽乃帶著托盤坐到我隔壁。

「有什麼好逃的，很沒禮貌耶～」

「啊，沒有。只是擔心打擾到妳。」

妳可以視作獨行俠特有的體貼。這個道理如同一個人在街上閒晃，偶然碰到認識的人時，儘管雙方試著稍微寒暄幾句，心裡其實不約而同地暗忖「這樣是該怎麼結束……」結果不知道為什麼，自己先一步產生對對方過意不去的心情。

面對意想不到的巧遇時，必須在第一時間立刻撤退，千萬不可自恃過高。

然而，如果對方是像陽乃這種沒什麼私人空間概念的人，大概不會考慮那麼多。她快速翻到夾著書籤的那一頁，用跟先前完全相同的姿勢繼續看書。那副理所當然的模樣，彷彿一開始便坐在我旁邊。

既然妳坐到這裡同樣是在看書，特地把座位換過來的意義為何……

我看著陽乃，心想這個人真自由奔放。陽乃的視線落在書頁上，對我開口：

「你來這裡做什麼？」

「……消磨時間，等電影開演。」

「喔～跟我差不多。」

「……妳也要看電影？」

我的話音多出一分嫌惡，但這也怪不得我。萬一我們要看的是同一場電影，就算在這裡分開，到了電影院仍然免不了再巧遇，使氣氛有些尷尬……

好在陽乃爽朗的回答化解我的擔憂。

「嗯？沒有沒有，我等一下要跟朋友去吃飯，先來這裡打發時間。」

經她一提，我想起陽乃念的大學好像在離這裡不遠的西千葉。雖然西千葉一帶不缺小酌的地方，但幾乎沒有燈光美、氣氛佳的餐廳。想找地方好好吃東西的話，的確有可能來千葉。說到千葉這裡有什麼燈光美、氣氛佳的餐廳……成田家拉麵？想想那背部脂肪，有如純潔的白雪，不覺得氣氛超棒的嗎！

「跟朋友嗎……那麼我先失陪，不打擾妳了。」

「時間還沒到，不急不急。我們一起消磨時間吧～」

陽乃把座位拉得更近，好近好近好柔軟太近了太近了還有妳怎麼這麼香……我挪動身體，要把距離拉開，結果她又繼續地擠過來。

然後，在我的耳邊輕聲說：

「我最欣賞的，就是你這種類型的人。」

剎那間，我的背脊竄過一陣寒意。這不是出自純粹的恐懼，比較接近站在懸崖邊，凝望腳下深不見底，彷彿永遠墜不到最深處的黑暗洞穴的快感。她的聲音充滿媚惑，嘴唇又那麼豔麗，使我連她搭到自己肩上的纖細手指都在意不已。

我嚇得看向陽乃，跟她水汪汪的大眼對個正著。陽乃的嘴角泛起鬼魅般的笑意，我心甘情願上那種表情的當。可是對陽乃來說，她頂多只會覺得我的反應很有趣。

如同要印證我的想法，陽乃突然離開我的身旁，咯咯咯地笑起來。

「只要我不說話，你就不會主動開口。不過我開口的時候，你也會好好回答。嗯，很乖很乖。想打發時間的話，找你準不會錯。」

我完全不覺得自己被稱讚……而且聽她那麼說，我簡直比最近的網頁遊戲還不如。你看看嘛，現在連把《艦隊 Collection》擺著不管，它都會自己發出聲音。

陽乃回頭看自己的書，順便補充：

「十之八九的男生總是很努力地找話題。看到他們那樣便覺得好難受。」

啊……我瞭解，非常瞭解……

就是有男生為了博得女生的好感，拚了命地絞盡腦汁，擠出一個又一個的話題。他們平常明明默不吭聲，難得找到開口的機會時，硬是勉強自己鼓起勇氣打開話匣子，最後以沒說到什麼話告終。看到這種人的確很難受——等等，這不就是國中時代的我？

不管怎麼樣，陽乃的舉動使我錯過離開現場的機會。現在只能靜待下一個時機。

無妨，一聲不吭對我來說不是難事。真要說的話，這還是我的強項。

我懂了。果然還是沉默寡言的男生比較吃香。

來了來了……獨行俠的時代終於來了！不主動開口對話的男生即將掀起流行

（但不代表會受歡迎）！

只要我不主動開口，兩人之間便沒有對話。

悠閒的時光緩緩流過。

仔細想想，校慶結束後，我到今天才再度跟她見面。

相隔一段時間，她給人的感覺很不一樣。或許是她今天話特別少的關係——

不，用「穩重」形容可能更正確。

看來雪之下不在現場，她便收斂許多，不會特地找麻煩。喂，這個人究竟多喜歡自己的妹妹？但是等一下，我不是也很喜歡自己的妹妹嗎？雖然因為今天早上的事情，她現在八成很氣我……

早上跟小町的爭執倏地浮現腦海，使我有點消沉下來。這種時候只能思考其他事情，轉移注意力。

嗯，甜甜圈真好吃……可惜咖啡歐蕾略嫌不夠甜，但附近又沒有煉乳球，只好改加砂糖代替。我繼續喝調味過的咖啡歐蕾，瞥著視線一角的陽乃。

陽乃一手撐臉頰，閱讀攤在桌上的書，時而拿起咖啡啜飲。

她靜靜看書的姿態，果然跟雪之下一模一樣。

從翻過書頁的指尖，喝咖啡時露出的白皙頸部，到瞇起雙眼研究書中文字的眼神——

在在像極了我認識將近半年的雪之下雪乃。

「嗯？」陽乃察覺我的視線，把臉略微轉過來，問我有什麼事。

我搖搖頭。

「……沒什麼，我要跟店員續杯。」

「嗯，我的也拜託囉。」

我接過陽乃的杯子，連同自己的份，跟經過的店員要求加滿飲料，再把她的杯子輕輕放到不影響閱讀的地方。

一直注意她也很奇怪，所以我拿出剛買的書閱讀。

兩人之間只剩下翻頁的聲響。

店內播放的音樂不至於讓我分心，但歌詞也太莫名其妙了吧？什麼叫做「你是我的甜甜圈（註12）」？雖然聽久了就覺得滿好聽的。

咖啡歐蕾終於不再燙口，我一邊喝，一邊翻閱手上的書。忽然間，隔壁的陽乃開口說道：

「比企谷。」

「有。」

我們的視線不離書頁，直接這麼對話。

「聊些有趣的事吧～」

「……」

聽到最不想聽的問題，我不禁閉口不語，心中的苦悶想必也表現在臉上。這個人是怎麼樣……我看向陽乃，她倒是露出滿臉笑容。

「怎麼一副超討厭的樣子……哎呀～跟我想的一樣～」

陽乃開心地爆笑出聲。我說妳啊，既然知道我會有這種反應，一開始便別問好不好……

本來以為她今天不會作怪，想不到還是冷不防地捉弄我。

註12　出自山下達郎演唱之「DONUT SONG」，原文為「君のことドーナツ」。

天真爛漫、自由自在、旁若無人——

我終究摸不透這種人，拿她一點辦法都沒有。

陽乃讀到一個段落，闔起書本，大大舒展一下筋骨。我說，這樣讓我有點分心……因為妳的某個部位跟令妹相差甚大。

「雪乃過得好不好？」

她拿起杯子，用指尖輕撫杯緣。

「……嗯，跟往常一樣。」

「這樣啊，那就好。」

她自己提出這個問題，卻一副對答案興趣缺缺的樣子，把書收進自己的背包，然後手肘撐在空出的桌面，十指交扣，把下顎靠在手背上。報告司令！妳的坐姿像極了某個地方的司令！

陽乃看著我，故意鄭重其事地清一下喉嚨。

「那麼……之後呢？」

「嗯……」

「應該多少有進展吧？」

非常抱歉，這句話缺乏主詞，使我判斷不出妳想說的是什麼，只能發出似懂非懂的聲音。陽乃睜大眼睛，繼續說：

「你們不是剛結束畢業旅行？」

「妳記得真清楚。」

畢竟陽乃也待過總武高中，應該多少記得什麼時候有什麼活動。話雖如此，她還是準確地直接說中。

她聽到我語帶驚訝，才略微得意地揭曉原因。

「因為我們收到了伴手禮。」

看來那份伴手禮正是雪之下寄的。由此可以推斷，她沒有親自回家一趟。

「竟然特地用宅配寄送……」

那個人是笨蛋嗎？根本沒有買多少東西，還捨不得搭幾站電車回去……

陽乃雙手捧起杯子，無奈地嘆一口氣。

「她大概不想看到我們。」

「不想看到你們還願意買伴手禮……禮數真周到……」

我既感到佩服，又覺得被她打敗，不禁自言自語。不過仔細想想，這也頗有雪之下的作風，好像不是不能理解。陽乃聽見我的低喃，只是搖搖頭。

「不，我想不是那樣。」

她直截了當地否定我的看法，我心生疑惑，轉動眼睛瞄過去。在我的認知中，雪之下的確是很講禮數、重禮節的人。難道我哪裡看走眼了？

陽乃傾斜杯子，看著在裡面晃動的黑色液體。

「儘管心裡討厭，但又不想被討厭吧……」

她的語調轉趨輕柔，其中似乎夾雜溫柔與憐憫。這句話想必是說給自己，以及不在此處的某個人聽。

我明白自己絕對不能追問下去，所以只是閉口不語。

陽乃發現兩人都沒出聲，放下杯子，故意用誇張的動作把身體轉過來。

「不過，畢業旅行後便沒有其他重大活動，接下來就要專心念書準備考試了吧。不覺得這樣很無趣嗎？」

為了避免氣氛尷尬，我決定搭上話題。

「還好。而且之後還有學生會選舉。」

「咦？選舉？現在不是應該結束了？」

陽乃愣了一下，把頭歪到一邊思考。不愧是待過總武高中的人，對學校的活動瞭若指掌。

「好像是參選人數不足，所以延期舉行。」

「這樣啊～所以說，巡也終於要交棒了嗎……」

她滿是感慨地說道。在我的心目中，巡學姐是很可靠的前輩——才怪，一點也不可靠。我根本不敢麻煩她，怎麼想都是她反過來麻煩我才對。所以在我的心目中，她應該是很可愛的學姐，在陽乃的心目中，則是可愛的學妹。搞什麼，不管怎麼樣巡學姐都超可愛的！

陽乃也想起那位可愛的學姐，發出咯咯輕笑。

「按照巡的個性，她沒去拜託雪乃接下一任學生會長？」

「嗯——沒有喔。」

「什麼嘛，真無趣～」

她不滿地上下晃動雙腿。

「……所以說，雪乃不會當學生會長囉。」

「恐怕。」

雪之下目前採取的方法，是擁立其他學生參選。儘管無從得知她是否想好人選，我還是能輕鬆預見這種方法將滯礙難行。以所需的時間跟精神成本考慮，我怎麼想都不認為是好方法。

那麼，她到底打算怎麼做——我思考到一半，隔壁傳來尋思的聲音。

「哼嗯……」

明明只是單純不過的呼吸聲，我卻很難不去注意。那陣聲音並不嫵媚，也不誘人。她望向窗外，微微上揚的嘴角讓我感到可疑。

「……請問，這樣有什麼問題嗎？」

我停頓一拍才把問題說出口。陽乃看回來，再度對我露出討喜的笑容。

「嗯？沒什麼，因為我自己也沒當過。」

「這樣啊。有點意外呢。」

本來以為陽乃既然當過校慶執行委員會的主委，一定也擔任過學生會長。

她輕描淡寫地否定。

「是嗎？學生會長的工作又麻煩又枯燥，我不喜歡。」

「喔，原來是這樣。」

好像可以理解。

事實上，學生會的大部分工作都很枯燥。遇到校慶這類重大活動時，固然會站上第一線掌控全盤。但是，其他不是像這次選舉管理委員會的幕後籌劃，便是一堆機械性的庶務工作。

學生會成員大多待在辦公室，一邊吃零嘴一邊處理做不完的事。但要是出什麼狀況，將得面對排山倒海的壓力。更何況學生會成員的一舉一動，都必須做全校學生的楷模。要形容的話，其實跟公務員差不多。看看《迷糊公務員》，即可窺知一二。

雖然陽乃不是好大喜功的人，至少也是享樂主義者。她最喜歡快快樂樂、熱熱鬧鬧的事。跟長時間埋頭賣力工作的學生會比起來，擔任校慶執行委員會的主委，把盛大的慶典辦到最好，才更符合她的個性。

然而，此刻的她不帶一絲那樣的開朗。

「……真無趣。」

這句話音之冰冷，讓我寒到骨子內。下一秒，她立刻輕笑起來。她到底有什麼打算？

正當我猶豫該不該問出口時，另一個方向傳來叫我的聲音。
「咦？比企谷？」
預料之外的聲音尖銳刺耳，彷彿刮著我的腦門。
我回過頭，看見兩名高中女生。
其中一人留著燙成波浪捲的鮑伯型短髮，眼角略微上吊，露出不可思議的表情。開口叫我的應該就是這個人。
她穿著離我家很近的海濱綜合高中制服，手上卻拿著東京都內某私立高中的書包。我對她的那身打扮相當陌生。
儘管如此，自己卻一眼立刻認出來。
「……折本。」
我脫口而出對方的名字。
她是我國中時的同班同學。我一直以為自己早已把這個人封存至記憶最深處。
儘管如此，自己卻自然而然地想起她的名字。

× × ×

面對意想不到的巧遇，我頓時全身僵硬。
我跟對方對看幾秒，確定沒有認錯人。

兩、三年前的往事閃過腦海，我的頭皮跟背部開始冒出冷汗。

折本的身邊也有同伴。那個人同樣穿著海濱綜合高中的制服，謹慎地看著我。

對方直接被晾在一旁，但折本並不怎麼在意，「啪」地輕拍一下我的肩膀。

「哇～超懷念的！看到你出現真是太稀奇了！」

她毫不客氣地盯著我猛瞧，我只能勉強擠出生硬的笑容。

以我過去念的國中而言，遇到我的機會的確非常低。再說，即使我注意到認識的同學，對方也不見得注意到我。

但是要說稀奇的話，折本竟然認出我，還過來對我搭話，也算得上夠稀奇。從這方面來說，我們國中畢業後，並沒有什麼改變。

折本是不折不扣的裝熟魔人，自稱直爽派的大姐。不論遇到什麼樣的人，她都有辦法上前搭話，把兩人間的距離拉到最近。

她連喊好幾聲稀奇後，突然停下動作。

「咦，比企谷，你念總武高中？」

「嗯，對。」

被她這麼一問，我也扭動身體，看看自己的制服。在千葉縣內名列前茅的公立升學型高中裡，大概只有總武高中用外套當制服，所以這一帶的學生能一眼認出我們。

折本也佩服地嘆道：

「哇~真意外——原來你的頭腦那麼好！啊，不過仔細想想，我們從來不知道你的考試成績，誰教你都不開口說話。」

她還是老樣子，講話不留情面。為了不跟對方造成隔閡，她才刻意這麼挖苦。

我可以看出她以直爽派為目標。

接著，折本的注意力理所當然地轉移至一旁的陽乃。

「她是你的女朋友？」

她語帶疑惑，用不安好心的眼神打量我們。我下意識地低聲回答：

「不……」

「果然~我就知道不可能嘛！」

她高興地開懷大笑，一旁的友人也遮住嘴角，以免笑得太明顯。

過去，我以為那樣的笑容代表爽朗，以為對誰都能毫無隔閡地對話是溫柔的表現。

「哈哈哈……」

我在陪笑什麼？真不舒服。

兩、三年前的往事即將從記憶中解放，我用一串乾笑把它拋出大腦。

陽乃聽到這裡，忽然湊過來看著我的臉。

「她們……是你的朋友？」

為什麼我覺得妳的語氣像是「原來你有朋友」？請問這是我的錯覺嗎？

只不過，我跟折本的確不是朋友，所以無法反駁什麼。

好在我知道這種情況下的最佳回答。

「國中的同班同學。」

沒錯，這才是標準答案。每次聽我以為是朋友的人介紹自己，他們也都用這套說詞。

我回答後，折本向陽乃鞠躬致意。

「我叫做折本佳織。」

陽乃聽完折本的自我介紹，用打量般的視線注視她。

「嗯……啊，我是雪之下陽乃，是比企谷的……的……比企谷，我跟你是什麼關係？」

「妳問我我問誰……」

還有，為什麼妳要把身體湊過來？想引誘我嗎？不要抬起眼睛看著我好不好？

「說是朋友好像也怪怪的。嗯——姐姐？或是將來的姐姐……」

陽乃撫著下顎思索，不時往這裡瞄過來，我也用白眼回敬。接著，她露出笑容如此提議：

「啊，不然取中間值，女朋友怎麼樣？」

哇，妳的告白太有創意了！

這個人是傻瓜不成？奇怪，她到底是怎麼想的，才覺得朋友跟姐姐的中間值是女朋友？不過，把姐姐換成妹妹的話……Magic! 好吧，不可能。是我想太多。

陽乃純粹尋我開心的意圖太明顯，根本沒有會錯意的空間。因此，我得以冷靜地回應：

「直接說學姐不就好了嗎？」

「你好冷淡喔～」

她不滿意這個答案，不悅地鼓起臉頰。我的心裡湧起戳一下她臉頰的念頭，但很快明白根本不可行，所以只是聳聳肩膀。

雖然陽乃表現得太過刻意，也多虧有她在場，我才不至於想太多。這恐怕是我第一次想感謝她。

要是今天我獨自坐在這裡，然後巧遇折本，被她搭話，我的心情一定會越來越低落，回家後對著牆壁自言自語五小時之久。

折本佳織是我國中時代最大的心靈創傷。

希望自己不堪回首的過去被挖掘出來前，她們能趕快離開。然而，上天沒聽見我的祈求，折本跟陽乃仍繼續對話。

「學姐跟學弟的關係，感覺很棒呢～」

「沒錯吧——不過，還不只這樣喔！」

「咦——其他還有什麼？」

折本的朋友不時在一旁點頭，聽她們閒聊下去。

我只是默默地聽著。

表面程度的對話彷彿沒有終點，永無止盡地向前滑行。

在這段期間，我所能做的僅有嘆氣跟喝咖啡。

我覺得自己好像被丟進看不見邊際的地雷區。

忽然間，對話聲停了下來。

在初次見面的情況下，她們已經算聊得很久。現在該是解散的時候了。

然而，陽乃相當自然地盤起雙手，用淡淡的笑容問道：

「妳跟比企谷同一所國中啊……有沒有發生過有趣的事？」

「嗯——」聽到這個問題，折本開始在記憶中翻找。

我有一種很不好的預感——不，我幾乎可以確定她會說什麼。

「果然～一定有對不對？啊，八卦八卦！姐姐想聽他的八卦！」

陽乃從旁搧風點火，似乎相當期待。

我的背後再度冒出冷汗。國中時代的記憶被喚醒，我差點笑出來。唉，虧你記得這麼清楚……完全被自己打敗。人類記得的，永遠只有不愉快的回憶。

如果——如果自己的溝通技巧再好一點，我想必會主動提起那段八卦，把它當成笑話自嘲。

由自己說出口跟被別人抖出來是截然不同的事。現在我應該先下手為強。

然而，在我思考、猶豫的過程中，已經錯失機會。

折本把波浪般的頭髮往上撥，害羞地笑起來。

「啊～我想起來了。比企谷曾經跟我告白過喔～」

她乾脆地吐露事實。

「騙人——」

「真讓人好奇！」

不只是陽乃，折本的朋友也興奮地加入話題。

折本打出這張牌，成功炒熱現場氣氛。她愉快地繼續說下去。

「因為我從來沒跟他說過話，當時真的嚇一大跳呢！」

不對。

我其實跟她說過話。我記得很清楚。

或許她本人沒有印象——說得更正確些，她可能完全沒意識到自己在跟我說話。

不僅如此，我還傳簡訊給她過。

出於同情也好，看我可憐也罷，我好不容易換到一個手機信箱後，開始為要傳什麼內容大傷腦筋。後來總算隨便掰出理由，把簡訊傳出去。傳出去後，又為對方會不會回信坐立難安，痴痴等待時收到的電子報還被我一怒之下取消訂閱。

折本大概不曉得，也不記得這些事。

那段時期，每個人都一定喜歡著某個人，所以不會對交友圈外的人產生半點興趣。即使圈外人的行為淪為單純的笑柄，也不容許留存在他們的記憶。

話語喚醒記憶，記憶又使感情生波。
早該被遺忘在遙遠過去的荒唐事蹟，準確地戳到當時的痛處。
因為長時間扭曲陪笑而發僵的嘴角，緩緩吐出一口深深的氣。
「咦～想不到你也會告白啊～」
陽乃驚訝地說道。她愉快的眼神卻暗藏幾分暴虐。我甚至懷疑，她正是察覺我對折本的反應不太對勁，才故意問這個問題。
我看著地面的角落，勉強開口。
「嗯，都是往事了……」
「對啊！都是往事了，沒什麼關係啦！」
儘管我跟折本說一樣的話，背後的意涵恐怕完全不同。
那些都成為往事，已經過去的往事，所以怎麼說都沒關係，所以她天真無邪地笑著。
折本應該沒有惡意，她只是想跟大家快樂地聊天。折本的朋友跟陽乃也覺得很有趣，跟著一起笑。
現在的情況跟當時如出一轍。
那個時候，告白的當下明明只有我們兩人，到了第二天，消息卻不知為何在全班傳開，陣陣嘲笑從遠方傳入耳裡。
告白之後被拒絕本身其實沒什麼關係。

隨著時間過去，這只會成為年少時期的可笑往事，收藏在心裡。

痛苦的地方，在於察覺自己為了這點小事，而對心儀的女生失望。真正不對的明明是連這種事都不知道、察覺不到的自己。唯有年幼造成的無知，無法一笑置之。

她們接下來的幾句交談，我完全沒有聽進去。

我大概是恍神，不小心讓思緒陷在過去。

「啊，對了。比企谷。」

「嗯？」

折本的聲音把我拉回現實。

她早已把上一個話題拋到腦後，進入新的話題。

「你不是念總武嗎？知不知道葉山同學？」

「葉山……」

我複誦一次名字，折本也馬上把身體往前傾。

「對，足球社的葉山同學！」

聽到這裡，即可確定她說的正是我認識的葉山隼人。

「喔，是知道——」

「真的嗎！好多女生想要跟他認識喔，像是這一位～」

我還沒說完，折本便迫不及待地打斷，指向身旁的朋友。

「啊，這位是跟我同一所高中的朋友，仲町千佳。」

那位名叫仲町的少女露出曖昧的笑容，對我輕輕點頭示意。折本用手肘戳一下她。

「聽到了嗎，千佳？他搞不好會幫你介紹葉山喔！」

「咦～～我不用啦～～」

仲町嘴巴上這麼說，臉部倒是很老實地害羞起來。看來她對我頗為期待。但是非常遺憾，我跟葉山不熟識，彼此也沒有留聯絡方式。

「可是，我跟他不熟——」

折本聽了並沒有特別失望，而是瞭然於心地用力點頭。

「啊～～也是啦。你們應該不會有交集。」

「哈哈哈……」

我再度發出乾笑。從先前開始，便一直覺得喉嚨裡好像梗著什麼。

我連續咳幾下，陽乃用細微到快聽不見的聲音低喃：

「嗯……滿有意思的。」

「咦？」

我看向陽乃，她的雙眼發出詭異的光芒，興奮地舉起手開口：

「交給姐姐吧～姐姐幫妳們介紹！」

「啊？」

所有人皆忍不住懷疑自己聽到什麼。在此期間，陽乃迅速掏出手機打電話。

她用拳頭輕敲桌面，等待電話接通。經過大約三次鈴聲的時間，對方接起電話，她對著話筒快速下達指示：

「啊，隼人？現在有空嗎？不管，你直接過來。」

她交代完必要事項，馬上切斷通話。

「妳在做什麼……」

「呵呵呵～♪」

陽乃的臉上堆滿笑容。

為什麼她那麼興致勃勃……

× × ×

等待葉山抵達的空檔，我望著窗外的街景發呆。

夕陽已完全落下，熱鬧的夜生活即將展開。

對街KTV的招牌霓虹燈興奮地朝路人眨眼，頭頂上的單軌電車劃開夜空，在路上來來往往的大多是年輕人，大家排成一路橫隊漫步閒晃。

經過一陣子，我聽到某人上樓的腳步聲。

「喔，來了嗎。」

陽乃後仰上半身，看向樓梯口。上樓的果然是葉山隼人。

葉山穿著制服，身上斜背單肩包，他似乎是社團活動結束後直接過來。他看到我們，略顯疲憊地鬆開胸前的領繩。

「陽乃姐，找我來有什麼事？」

他對陽乃問道，接著看向折本跟仲町，最後把視線挪過來，在我的身上停住。

「有女孩子想要跟你認識。」

陽乃張開雙手，比向折本她們。

她們八成沒想到葉山真的會來，興奮地湊在一起交頭接耳。

「喔……」

葉山嘆一口很輕很輕、幾乎不會讓人注意到的氣。

下一秒，他立刻換上笑容。

「初次見面，我是葉山隼人。」

葉山切換體內某處的開關，回到大家最熟悉的模樣。他自然流暢地自我介紹後，進入閒談時間。

此刻的折本跟仲町看起來比先前更加討喜。

多虧她們的注意力完全轉移至葉山身上，我才得以喘一口氣。不知道是不是我的錯覺，連開著暖氣的室內空間都開始舒服起來。

既然葉山也來了，我大可把事情交給這群年輕人，自己先離開了吧……搞到最後，今天恐怕是看不成電影了……不過，我敢說即使等一下進電影院，自己也會在短短幾秒內睡著。

我闔上讀到一半的文庫本，收進書包，靜靜等待開口告辭的時機。結果，那四個人越聊越起勁。

「對了，下次要不要一起出去玩？」

「啊，好啊好啊！」

折本跟仲町開口後，葉山也輕輕點頭微笑。

他不需特別回答「好」或「不好」，只是稍微用態度表現一下，對方便明白自己的意思。

這種技巧只有帥哥行得通。要是換做平均值以下的男生，只會被認為優柔寡斷，或者被徹底無視。

「嗯，這個點子真不錯。大家一起出遊是非常棒的事。」

陽乃盤起雙手，正經八百地點頭。

在場有人贊成後，折本她們更加興奮，開始討論要去哪裡玩。

等等，我忽然想到一個問題。雖然陽乃說「大家一起出遊」，這裡的「大家」應該不包括我吧……

好吧，這有什麼好懷疑。

對那群女生來說，我不過是召喚葉山用的祭品。若想升級召喚等級五以上的怪獸，不是得釋放低等怪物送去墓地才行嗎？所以這也是不得已的嘛～大家一起遵守規則，快樂地決鬥吧（註13）！

已經被送至墓地的獨行俠，只能靜靜觀察事情發展。

儘管一群人相談甚歡，經過不到十五分鐘，葉山便用柔軟的身段閃過女生的攻勢，漂亮地讓她們離開現場。

「那麼，我們差不多該走了……」

「嗯！下次再見囉，葉山同學！我會傳簡訊給你！」

折本跟仲町揮手道別，葉山也舉手回應。她們離去之際，我依然聽到她們左一句「好帥喔」，右一句「天啊」，熱烈地討論感想，直到兩人消失在樓梯口，聲音才離我們遠去。

完全看不到折本她們後，葉山倏地收起笑容，用冷冷的表情瞪一眼陽乃。

「……為什麼要做這種事？」

「因為很有趣嘛～」

陽乃笑得很開心，沒有一點不好意思。她的態度散發明顯的惡意，跟「天真無邪」的形容詞差得很遙遠。

葉山大概是想勸戒或責備陽乃，嘆了一口氣。

「又來了……還有，為什麼連他也在？他跟妳們沒什麼關係吧。」

他只把臉轉過來。陽乃馬上回答：

註13 出自《遊戲王》之戰鬥規則與台詞。

「當然有關係囉！剛才那個……啊，就是燙捲髮的那個女生，是比企谷以前喜歡的人喔！不覺得超有趣嗎？真想告訴雪乃，看看她有什麼反應……比企谷，你覺得怎樣？」

陽乃說完後，對我露出微笑。可是，覺得有趣的只有她一個人。

我怎麼可能覺得有趣？葉山聽了，也不知為何跟著面露陰鬱。

「……」

陽乃心情大好，我跟葉山則閉口不語。

她見我們不答腔，也無趣地輕嘆一聲，從座位上起身轉換心情，拍拍葉山的肩膀。

「總之，去跟她們玩玩吧。說不定意外地有意思喔。」

葉山垂下肩膀，望向自己跟陽乃的腳邊，無力地說：

「不可能……」

「是嗎？難說喔～」

陽乃不以為意，拉開袖子看看精緻的粉紅銀色手錶。

「嗯，時間打發得差不多了。我先走囉！」

她一說完，快手快腳地收拾好東西，接著在我的耳邊低語，如同要說什麼祕密。

「比企谷，今天謝謝你陪我囉。」

新鮮花朵的香氣竄入鼻腔，輕柔的吐氣逗弄著耳垂。我不禁嚇一大跳。這樣耳朵很癢，可以不要這麼做嗎？

我連忙後退兩、三步，跟陽乃拉開距離。陽乃直接從空出的地方走向下樓方向。離去之際，她轉身對這裡揮手。

「有進展的話要告訴我喔～」

這句話似乎是說給我聽。可惜我沒有受到邀請，哪裡會有什麼進展——我一邊在心裡抱怨，一邊點頭目送她。

聒噪的女生通通退場後，一陣沉默籠罩下來。

剩下我跟葉山留在原處。

話雖如此，我們沒有什麼事可做。

而且，現在也無需再說什麼。

我們早已對話過，將一切畫下句點。即使兩人擁有類似的目的，心懷類似的理想，彼此間的隔閡仍然大到令人絕望。

從今以後，我們恐怕不會再有交集。今天早上看到葉山他們的態度時，我便明白這一點。這是我，也是葉山做出的選擇。

我拿起書包，邁步離去。

「你……」

這時，背後傳來葉山微弱的聲音。

我沒有什麼好對他說的，但還是反射性地停下腳步，維持看著前方的視線，等待他的下一句話。

「……陽乃姐很喜歡你呢。」

「啥？」

這句話出乎我的意料，我忍不住把頭轉回去。

葉山跟我對上視線，輕輕笑了一下。我有種被他看透一切的感覺，轉回前方啐道：

「別鬧了好嗎？她只是在尋我開心。」

「至少她對你滿有興趣的。」

葉山又對我開口。

接著，他的語氣急速轉變。

「陽乃姐從來不對沒興趣的人找麻煩，她什麼都不會做……她會做的事只有兩種——把喜歡的東西玩弄到死，或把討厭的東西徹底粉碎。」

這是對我的忠告，抑或是警告？葉山的話語明顯帶著刺。儘管心裡好奇他此刻的表情，我仍舊沒有回頭。

「……那可真恐怖。」

我如實說出自己的感想。這也是自己早就發現的事實。

× × ×

我沿著夜晚的國道騎腳踏車，好不容易回到自己住的地方。明明離開這裡不到一天，我卻感到異常地懷念。

回到家後，我打開大門，難得看到小雪出來迎接。

牠無精打采地叫了一聲，用頭跟身體在我的腳邊磨蹭。喂，快點走開，衣服會沾上你的毛！

「怎麼啦？」

貓當然不可能回答我的問題，牠只是老大不高興地噴一聲氣。那是什麼意思，在跟我喵安嗎（註14）？

「好啦，上樓去。」

我對小雪說道，爬上樓梯。

二樓一片漆黑。

通常父母親不會這麼早回來，小町似乎也還沒回家。大考就在三個月後，她大概去補習班用功了吧。

由於制服沾上小雪的毛，我去房間換穿平時的運動衫。

我把脫下的制服隨手一扔，走向客廳。今天既然難得光顧甜甜圈店，當然沒忘

註14　出自漫畫《悠悠哉哉少女日和》角色宮內蓮華之招呼用語。

記順便買一些回來。希望這些甜甜圈能讓我稍微恢復心情。

等待多時的小雪又過來對我喵喵叫。

「怎麼，還有什麼事？」

她一邊叫，一邊走向廚房。

廚房內有一個盆子，上用木製字母拼出「ＫＡＭＡＫＵＲＡ」，猛一看很容易讓人誤認為「ＫＡＤＯＫＡＷＡ」，不過說穿了，這其實只是小町做給小雪的食物盆。

食物盆裡只剩下丁點飼料的碎片跟粉末。

「飼料吃完了嗎……」

搞什麼，原來你不是來迎接我回家，只是要抱怨「我快餓死了」是嗎？真是一點也不可愛。

我打開放在廚房的收納箱，拿出讓每隻貓都難以抗拒，名字很像銀之匙的貓飼料（註15），倒進小雪的食物盆。說到貓飼料，加入牛奶後應該很像巧克力口味的早餐穀片。

小雪一看到食物，迫不及待地把頭擠過來。我開始分不清楚自己是把飼料倒進盆子，還是倒在小雪的頭上。

「記得細嚼慢嚥啊。」

最後，我摸一把小雪，幫牠拍掉頭上的飼料粉，搖搖晃晃地走向沙發，一屁股

註15　指日本貓飼料品牌，原名為「銀のスプーン」。

倒上去。

我深深地嘆好幾口氣，像是在做深呼吸。

就這樣動也不動好一會兒後，小雪慢慢晃來我的腳邊。

牠是來向我報告自己吃飽了嗎——才剛這麼想，小雪便跳上我的大腿，心滿意足地噴一口氣，發出咕嚕咕嚕的聲音。

「……怎麼，想不到你還挺識趣的嘛。」

雖然牠也可能只是因為天冷，把我當成大型熱水袋。現在姑且先往好的方向解釋。

我撫摸小雪的背，幫牠刷毛。刷著刷著，我的眼皮越來越沉重。

真是漫長的一天。

累死人了。

4

悄然無聲中，雪之下雪乃做出決定

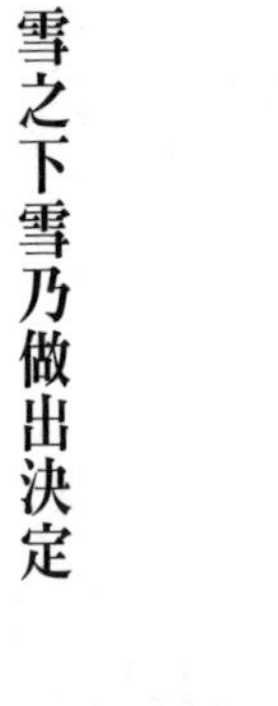

我在刺骨的寒意中睜開眼睛。

「……好冷。」

我從沙發上起身，身上的棉被「唰」地滑下。

昨天晚上，我直接在這裡睡著。在模糊的印象中，母親好像過來念了幾句，說「睡在這種地方會感冒」之類的話。

不過，我很明顯沒把忠告聽進去，繼續睡自己的覺。從我依稀記得這段事情推測，自己應該也回了她什麼話，但最後還是睡得不省人事。趴在大腿上的小雪也不知去向，牠八成去找更溫暖的地方睡覺了。

爬起身體時，我的脖子、肩膀、腰都痠痛得要命。

餐桌上已經擺好早餐。

我一邊吃早餐，一邊環視屋內。父母親似乎又早早出門上班，小町大概也已經去上學，家裡剩下我一個人。

前一天直接留在桌上的甜甜圈少了幾個，不知是哪些人吃的。

換衣服時，我明顯感受到氣溫一天一天往下滑。

好像真的感冒了……或是因為自己用不自然的姿勢睡了一晚，導致睡眠品質不理想？

而且，我還覺得頭隱隱作痛。印象中家裡有頭痛藥……我打開櫥櫃，找出自己需要的藥。

嗯齁喔喔喔喔喔！藥好膩害呀啊啊啊啊嗯!!（註16）

呼，吃藥時果然就該來這麼一下呢。

出門後，我跨上腳踏車，一路發出「好冷好冷好冷好冷」的呻吟，往學校的方向前進。

昨天是畢業旅行後的第一天上課，難免有些心浮氣躁。隨著生活回歸正常，我也逐漸把心收回來。

註16　出自成人漫畫、原畫家みさくらなんこつ在作品中慣用的台詞風格。特徵是大量疊字和口齒不清的描寫，被稱為「みさくら語」。

進入校門，把腳踏車停在停放處，往大樓門口走去──兩年下來，舉目所見皆再熟悉不過。可是說也奇怪，我並沒有因此產生親切感。

我在大樓門口遇到由比濱。

「啊……早、早安。」

「嗯。」

我簡短回應由比濱的問候，轉身走向教室。由比濱跟在後面，但是腳步聲不如以往明顯。

她發出想說什麼卻說不出口的嘆息，我盡可能不放在心上，繼續走自己的路。樓梯口的人影較稀落，由比濱把握這個機會，多跨一階樓梯來到我的身旁。

「今、今天……你會不會……去社辦？」

她支支吾吾半天，才把問題問出口。不過，我的回答早已非常明顯。

「不會。」

由比濱似乎也料到這個回答，馬上用笑容掩飾過去。

「也、也是呢……啊，我在想，要不要先多聽聽伊呂波怎麼說，再決定怎麼行動。」

根據由比濱的口吻，她大概打算跟雪之下一起行動。昨天我離開社辦後，她們想必又留下來多討論了一會兒。

她說這句話的時間，我們只爬了幾層樓梯。

「可是，你沒聽到內容的話，又好像有點……」

由比濱沒說出口的部分有很大的想像空間。這是最容易勾起聽者揣摩話者意涵的表達方式。可是，看到她低垂的臉上是什麼表情，我立刻曉得答案不可能模稜兩可。

眼前這段再熟悉不過的樓梯，今天顯得特別漫長。

「妳……」

我不經意地開口。

「咦？」

「……不，沒什麼。」

妳難道不生氣——我把臨到嘴邊的問題吞回去。問這種問題未免太難看，太丟臉。

連這點東西都察覺不到，是要怎麼辦？

由比濱用不變的生活方式，追求跟往常一樣的自己。

這跟我採取的行動理當一致。

維持平常的樣子，假裝什麼事都沒有發生，繼續度過一天又一天。直到某個時刻，我們已經把這件事情淡忘，狀況演變到無法挽回的局面才感到後悔，懷念起當初是什麼樣子，用「那是一段微苦的回憶」麻痺自己。

「……只是稍微聽一下的話。」

好不容易爬到樓梯頂時，我這麼說道，接著迅速轉過走廊，把由比濱的回應拋在腦後。

× × ×

一天的課程告終，班上同學三五成群，結伴離開教室。其中也有些人留下來聊天，打發社團活動開始前的時間。

我迅速把東西收拾乾淨，在座位上調整好呼吸，準備直接回家——才怪。

目前的侍奉社活動改為自由參加，即使不出席，她們也不能拿我怎麼樣。可是，如同早上到校時在樓梯間跟由比濱的談話，我還是得去社辦聽聽一色的說法。

老實說，如果用我的方式解決問題，大可無視一色本人的意思和顧慮。因此，我其實不是非去不可。

話雖如此，隨著雪之下她們採取的行動不同，我的方式還是可能受到影響。所以真要說的話，我去社辦的真正目的，是聽雪之下她們的內容。

上次像這樣跟雪之下正面對立，已經是多久之前的事了？回想起來，剛認識雪之下時，我們動不動便否定對方的做法。更正確地說，好像淨是我的做法受到否定。

沒錯。照這樣思考的話，這次的情況其實也一樣。雪之下再度否定我的做法。既然如此，我們之間的模式並沒有改變，仍然保有以前的樣子。

什麼都沒改變的話，便沒有任何問題。

我得出結論，從座位上起身。

除了幾位還在閒聊的同學，教室內便沒有其他人。由比濱也早已離開教室。

我踏上走廊，往特別大樓的方向前進。

放學後沒有多久，靜態社團便開始活動。然而，走廊上依舊充滿寒意。

我想起去年的同一時間，自己完全沒踏上特別大樓的走廊過。時序進入深秋，我才知道原來這裡這麼冷。

來到社辦門口，我毫不猶豫地開門。

「啊，你來了……」

由比濱看著我說道，很明顯鬆了一口氣。

社辦內還有另外兩個人。

雪之下僅僅瞥我一眼，便看回自己手邊的紙張。不知道她在寫什麼。

另一個人，一色伊呂波坐在雪之下跟由比濱的對面，將整個身體轉過來看我。

她先露出「嗯……這個人是誰」的表情，後來大概是覺得「算了。不管怎麼樣，對他笑就對了」，面帶笑容對我點頭致意。

好吧，這也不能怪一色。畢竟在她的心目中，我是個多麼微不足道的存在。一色平時都跟葉山那群人打交道，所以她也算校園階級頂端的人。

儘管如此，一色並沒有擺明對我不理不睬。由此可見她對待人處世的方式很有一套。坦白說，如果是過去的我，光是這一點便足以讓我迷上她。反過來說，她也是因為有點狡猾的這一面，才惹來其他女生不滿，釀成這次的事情。

我也對一色輕輕點頭，坐到自己的固定位置。接著，雪之下宣布：

「那麼，開始吧。」

原來她們還沒開始？我看看時鐘，從放學到現在已經過了不少時間。該不會是我早上對由比濱那樣回答，她們才特別等我吧？

「……抱歉，讓妳們等這麼久。」

「……不會。」

雪之下沒有看過來。她閉上眼睛，再也不說話。

我們沉默下來，如同兩個無法咬合的齒輪。由比濱不知該怎麼辦，尷尬地對一色笑笑。

「嗯……不好意思，請妳特別過來一趟。社團那裡會不會很忙？」

「不會，一點也不忙～而且我告訴葉山學長有重要的事，他也要我趕快去做。」

一色回答得很有精神。她把身體往前傾，繼續說：

「對了，結衣學姐～妳不是跟葉山學長同班？該不會跟他提過我的事吧～」

「咦？嗯……沒特別提耶。」

由比濱半張開嘴，搜尋自己的記憶，但是沒想到什麼內容。一色聽了，發出沉吟。

「嗯～～這樣啊。當時聽葉山學長一口答應，我還以為他是不是知道什麼。」

喔～原來如此。從這句話聽起來，一色似乎喜歡葉山，才想確定「葉山學長是因為知道我的問題才一口答應我暫時離開社團活動不是因為不需要我對吧」。糟糕，我有點體會那種心情，所以沒辦法說什麼。

在此奉勸想探究話中之話的人，停在話中之話的程度就好。一旦察覺真相，只會讓自己更痛苦。

連我都能看穿一色的內心世界，由比濱更不可能沒發現。她瞬間露出「完了！說錯話了」的表情，趕緊想辦法安慰一色。

「啊，可是隼人同學知道的話，只會對妳更加顧慮吧！讓他太擔心反而也不太好……對不對？」

「有、有道理！」

哈哈哈——兩人不約而同地用笑聲掩飾尷尬。

雪之下對她們的對話興致缺缺，但還是耐心等到告一段落才出聲提醒。

「由比濱同學，該開始了。」

「嗯，好。那麼，為了方便決定接下來的方針，有些事情我們想問一下。」

由比濱以此開場，一色拉長聲音回答「好～～」

「首先，我認為解決問題的最好方法是另外找人參選，兩個人互相競爭，然後在多數決投票中順利輸給對方。這樣沒有問題吧？」

「嗯～～多數決投票嗎～～啊，可以的話，我希望輸給一個很強的人！」

一色精神十足地回答。她八成根本沒好好思考過。

雖然說明的人是由比濱，做法是雪之下昨天告訴她的。她們應該已經立下方針，所以今天請一色來社辦的目的，其實是確認她本人的意思，再擬定往後的事項。我個人對此並無意見。只不過，待解決的問題依舊存在。

「妳們找到人選了沒？」

「還……沒有……」

由比濱被我一問，馬上說不出話，把臉撇到一邊。這其實沒什麼好訝異。才經過一天的時間，怎麼可能說要人就馬上找到人？必須在什麼時候之前找到人選才是重點。

「參選人的追加登記到什麼時候？」

「下下週的星期一。登記期間本來已經結束，所以只是順延，在那天開放登記。投票日則是當週星期四。」

我詢問的對象是由比濱，回答的則是雪之下。她看著手上的紙張，面無表情地告知最低限度的訊息。

我稍微盤起雙手，計算到登記截止剩下的天數。

今天是星期二，但現在已經過了放學時間，所以最快也要明天才能正式開始尋覓人選。然後扣掉星期六、日兩天假日，幾乎沒有幾天可用。

再把準備申請資料、連署名冊的時間列入考慮，時間更是所剩無幾。而且不要忘記，她們還得找到有辦法贏過一色伊呂波的人才。

「在那之前找到適當人選，說服對方參選，然後蒐集到三十個以上的人連署，還要幫他造勢……」

「我也很清楚時間非常緊迫。」

我思考的同時，下意識地開始自言自語。雪之下冷冷地回應，抬起一直低垂的頭，對一色說：

「所以，我打算先進行其他部分……一色同學。」

「是、是的。」

一色慌忙應聲。她可能正因為個性溫溫和和，而不擅長應付凡事講求嚴謹的雪之下。一色端正坐姿，挺直腰桿，但她依然用握住過長袖子住的手稍微整理裙襬。從那個小動作中，我感覺不出她非常緊張。

一色認真地直視雪之下，做好聽她說話的準備。雪之下接收到她的視線，開始說明：

「不論使用什麼方式，都必須請妳上台發表競選演說。」

「是……這還沒有什麼問題～～」

我想也是。她似乎已經很習慣受大家注目。

不過，她的語氣怎麼樣都不像有聽懂。這點讓我有些在意。要是她維持那個樣子，我也會很頭痛。如同雪之下所說，在我計畫中，一色同樣得上台演說。

「競選演說的主要內容是提出政見，再以政見為主軸發揮。雖然應該不會有學生認真聽……」

最後那句話頗有自嘲成分，似乎隱含什麼意思。在我來得及思考前，她便繼續說下去。

「我覺得妳在競選演說提出的政見，最好跟另外擁立的參選人不同。政見一樣的話，大家將只憑知名度決定投票給誰。因此，我希望你們有一定程度的區別。」

能找到比一色更受歡迎的人參選，當然是最好不過的方法。要是淪為單純的人氣投票，知名度不夠的人將陷入苦戰。

如果參選人的政見相同，大家會轉而用外表做為考量標準。跟「說了什麼」比起來，「由誰所說」更顯重要。

一色跟由比濱發出「嗯、嗯」的聲音點頭，一副似懂非懂的表情。

雪之下不在意她們的反應，遞出一張紙。

「我先行擬好另一位參選人的政見跟演說內容，請妳先看一下。希望妳以這份內容為參考，另外思考不同的內容。」

我從後方探頭研究紙上的內容。

「……請問，只有這些？」

一色迅速掃過一遍，訝異地詢問。紙上文字的字跡工整，而且內容確實不多，不像雪之下的作風。

她僅提出兩項政見——

第一，設立升學研究室。第二，放寬社團活動經費的給付標準。

關於社費的政見就如字面上的意思，大家一看即懂。至於升學研究室，我看過說明文字後也大致了解內容。

為了提供學生課業上的幫助，升學研究室開放考古題借閱，將過去定期考試的資料整理成數據，使課業技巧形成體系，一年一年累積下去。升學研究室不是單純的資料室，主打更廣泛的層面，連定期考試也涵蓋在內。有意爭取學校推薦資格的學生能在校內定期考得到高分的話，自然會更生信心。

這兩項政見兼顧從事社團活動，以及想考上理想大學的學生。

「嗯～～」一色來來回回看著手上的紙。但是不論她怎麼看，紙上都只有這兩項政見。

由比濱撫摸頭上的丸子，說道：

「嗯～我也覺得是不是有點少——」

「選舉比的不是提出多少政見。好的政見一個便足夠。」

雪之下微笑著告訴由比濱。她的表情很沉穩，看起來比平時成熟。

我可以理解雪之下的意思，這也是競選演說的真正關鍵。即便參選人說得再多，台下聽眾也不一定聽進去。直接整理出要讓聽眾知道的重點即可。

儘管如此，我還是有點訝異雪之下對這方面的熟悉度。這時，我想起她的家庭。沒記錯的話，雪之下的父親好像是縣議會議員，難怪她不會對選舉的相關活動感到陌生。

因此，這份政見沒有任何問題。

問題是接下來的部分。

「……連政見都由妳們操刀的話，代表參選人完全淪為傀儡。這樣真的沒問題嗎？」

「……」

雪之下聞言，頓時收起先前的微笑，表情蒙上一層陰影。她被我戳到痛處，什麼話也說不出口。

由比濱跟一色看過來，希望我仔細說明。

「如果妳們的方法能順利進行，還沒有什麼問題。雖然我覺得很不切實際……可是，假設妳們擁立的候選人真的當選，之後的學生會運作又該怎麼辦？難道妳們要一直幫忙下去？」

我絲毫沒有責備雪之下的意思，口氣卻一句比一句尖銳。由比濱插進來打斷。

「所、所以只要找到有能力的人就好——」

「那樣只會把事情越搞越困難。老是想著之後的事情，一點意義也沒有，根本不是什麼好方法。」

這次的委託不是選舉結束便了事，還牽涉日後的學生會運作。雪之下她們的方法仍不足以解決問題。

我實在看不出那樣做有什麼意義。

雪之下的視線垂落桌面，我無法窺見她的表情。她低垂的頭、交扣的纖細手指和肩膀都動也不動。

她稍微換一口氣，用微微顫抖的聲音問過來：

「……那麼，你的做法又有什麼意義？」

我一時回答不出口。自己早該思考這個問題，但是直到現在都還沒得出答案。

我的做法有什麼意義？

半點意義也沒有。

我的解決之道從來沒有任何意義。我只會不斷拖延事情，最後再通通搞砸。這不是由哪個人告訴我，是我自己理解的。

不過，遇到某些問題時，這也是最有效率，甚至是唯一的方法。

這是千真萬確的事實。

如果這次的委託也是相同的模式，我的答案便很明確。

「以這次來說，我會盡可能地迴避。待信任投票沒有通過便收手，不再介入之後的補選，讓一切順其自然。這才是正確方式。」

「以這次來說？你錯了。」

雪之下一改先前微弱的聲音，酷寒的語氣中帶有強烈的責備。

她抬起低垂的頭，露出燃燒蒼藍色火焰的雙眸。銳利的目光如冰柱般抵住我的咽喉，我知道現況容不得自己別開視線。

我吞下一口口水。

雪之下緊咬嘴唇，想把話吞回去。但她仍然忍不住，讓話語迸出齒縫。

「……你上次也是像這樣迴避。」

這幾個字靜如落下的白雪，卻在我的耳畔不斷迴盪。

我頓時感到一陣天旋地轉。

皎潔的月光，蒼綠色的竹林，吹響枝葉的寒風——這些光景閃過腦海。

我下意識地撥頭髮，想揮去那些記憶。

「……那樣有什麼問題？」

畢業旅行前接受的委託，同樣沒有得到解決。

但是，至少問題已被埋進表面之下。迴避問題的結果不可能盡如人意。倒不如說，我正是想用不盡人意的結果處理一切。

因此，沒人有資格責備我當時的做法。

唯一例外的，只有雪之下。

她依然緊盯著我，眼神沒有絲毫和緩，緊抿的嘴唇微微顫抖。

「說那些徒具表象的東西沒有意義的人，正是你自己……」

她冰冷的話音漾著一絲柔和，聽起來有些悲傷。我不禁別開視線。

唯有這句刺中內心的話，我完全無法回應。

因為這是比企谷八幡跟雪之下雪乃唯一抱持的相同理念。

雪之下見我遲遲不開口，死心地嘆一口氣。

「你仍然……不打算改變對吧。」

「……嗯。」

至少我還能堅定地回答這個問題。

我不會改變，也沒有辦法改變。

由比濱發出聲音，想緩和緊繃的氣氛。然而，她再也想不到可以接下去的話，視線在我跟雪之下之間來回游移。

「對、對了……」

讓人感到肌膚發寒的時間一秒一秒過去，我跟雪之下都陷入沉默。

一色用求助的眼神看向由比濱。畢竟她跟我和雪之下都不熟，在場能夠依靠的只剩下由比濱。

可是這一次，終於連由比濱都開不了口。

在她想到可以說什麼之前，我便起身離開座位。

「……事情也知道得差不多，我要走了。」

繼續待在這裡，已經得不到其他東西。

不但不會得到什麼，恐怕還會就此失去。

安靜的社辦內，只有我的室內鞋發出聲響。其他人沒有任何動靜。

我盡可能不思考任何事情，所以走到門口的這幾步路並不漫長。另外一種可能，是因為自己思考太多而忘記時間。

反手關門後，走上悄然無聲的走廊。但是才剛踏出幾步，我便聽到輕輕開門的聲音。

我反射性地回頭，發現是一色伊呂波，而忍不住垂下肩膀。跟失望比起來，此刻的心情比較接近鬆一口氣。我不認為現在的自己能好好跟她們說話。

一色踩著輕盈的腳步走過來，用不讓後方社辦裡的人聽見的音量，一臉擔心地問道：

「請問，拜託你們應該沒有問題吧……」

她來侍奉社諮詢，卻看到我們各唱各的調，還為此發生稱不上吵架的小型爭執，會不安也是理所當然。

「如果真的有那種人參選，我的確能輕鬆不少……」

「真要那樣的話，恐怕得找與葉山程度相當的人……」

「葉山學長不可以參選！」

我想也是……不過，他應該也沒有參選的意願。

「……反正，至少會有辦法的。船到橋頭自然直。」

「嗯，但只是輸掉選舉的話，我也很為難……」

雖然一色說得保留，我還是明顯看出她心中的不信任。儘管如此，她仍然努力掩飾那股不信任感，在胸前合起雙手，露出討喜的微笑。

「不過，還是太好了。其他人都不願意幫忙，我只能依賴學長跟學姐了～」

如果換做不瞭解整起事件的人，看到這般舉動，想必會湧起保護她的欲望。可是，現在我知道這是她的處世方式，所以不會產生那種想法。

她跟折本佳織縱然屬於不同類型，行為基礎皆建立在來自他人——尤其是男生的目光上。

一個是溫和可愛的自己，一個是直爽帥氣的自己。

她們純粹是把自己定型為某種性格，無關個人的感情。定下自己的性格後，接下來要做的，就是一言一行都符合性格。

因此，她對我也使用相同的行為模式。

雖然這算不上證據，一色忽然雙手一拍，發出「啊」的聲音，乾脆地離開我的身邊。

「我得趕快回去社團，今天先這樣囉～那麼，之後也請多多幫忙。」

一色輕輕舉手致意，快步離去，沒有任何執著。那正是對我沒有任何興趣的具體表現。

如果是過去的我，即使聽到這種稀鬆平常的對話，八成也會以為對方有什麼意思。

受不了，為什麼自己成長的方式永遠這麼彆扭——我不禁自嘲地笑起來。

5 直到最後，葉山隼人依舊無法理解

在侍奉社跟雪之下她們對話後，又過了好幾天。

這段期間，我每天只是在家裡跟學校來回。回到家裡，也沒有看到小町，更不可能跟她說話。肯聽我說話的只剩下貓咪小雪。

看來今天放學前的導師時間結束後，我一樣不會去社辦，而是直接回家。

我沉浸在自己的思緒，根本不知道導師說了什麼。接著，宣告導師時間結束的鈴聲也響起。

我拿起書包，從座位上站起。由比濱的說話聲傳入耳朵，可見她還留在教室。我刻意低下頭，不看那個方向，快步離開教室。

走到門口時，忽然有人拍我的肩膀。

「有空嗎？」

我轉過頭，看見葉山對自己露出清爽的笑容。

「……什麼事？」

葉山先觀察四周，再招手示意我靠過去。他大概是要私下告訴我什麼。

可是，我實在很不想把臉湊近葉山。而且不要忘記，海老名還在教室……總覺得，有點……不好意思……

算了，沒關係。反正我跟葉山之間沒有什麼事需要偷偷說，何況我們連正常對話的次數都掛零。

硬要說的話，畢業旅行那時或許算一次。不過，那件事早已沒有什麼好提。

我不把臉靠過去，直接用視線催促他開口。

葉山有點傷腦筋地笑一下，聳聳肩表示讓步。

「關於之前折本跟仲町的事——」

「嗯。」

我這才想起，他前幾天被陽乃介紹給那兩個女生。怎麼，她們瘋狂地對你示好，讓你不知該怎麼辦？非常遺憾，這種問題我根本幫不上忙。

結果，葉山提的是其他事。

「關於星期六的時間，想跟你討論一下。」

「喔。」

星期六嗎？星期六，星期六……我想到了，星期六的隔天是播「超級英雄特區」

的日子對吧！好啦，說穿了，我的目標其實是「寶石寵物」跟「星光少女」。什麼嘛，原來是想跟我確定播放時間。當然是早上囉！這種問題不需要特地找我討論好不好？

以上是我的腦內劇場。葉山根本不可能問這種問題。

既然不為了看動畫，星期六還有什麼事要找我討論？

葉山見我的反應，露出訝異的眼神。

「咦，你沒聽說？我傳簡訊給她們後，她們說星期六一起去千葉玩。」

「沒聽說……」

外出遊玩嗎？閱。而且我沒接到半封簡訊——啊，差點忘記，我又沒有跟她們交換信箱。之前換信箱時寄的通知信也沒有人收到。

什麼嘛～～原來只是因為不知道我的信箱，才沒邀請我。哎呀～～她們未免也太不積極了～～

少繼續自我安慰。不用說也知道，我這種人從來不會出現在邀請名單中。

葉山似乎不瞭解這一點，稍微露出納悶的表情。

「是喔……我以為一定是大家一起去。」

以葉山的邏輯思考，確實是那樣沒錯。他的理念正是「大家手牽手，要做好朋友」。

「那不過是找你出去的理由。不管怎麼說，沒受到邀請便沒有去的道理。你跟她們去不就好了？」

「沒受到邀請，是吧……」

他點點頭，面帶笑容對我說：

「那麼，要不要跟我們一起去？人多一點也比較好玩。」

「別鬧了……」

這個人的腦筋有問題嗎？她們當初沒邀請我，便代表我不受到歡迎。即使接受葉山邀請一同前往，她們看到我的當下，絕對會擺出「為什麼連你也來」的臭臉。

再說，除了折本她們的反應，還有其他問題。

「你覺得我會跟你一起去玩嗎？」

葉山見我神情轉趨嚴肅，跟著收起笑容。

我們所處的階層、所在的階級、所面臨的環境都不相同。我無法想像這樣的兩個人在沒有外力介入下，一起出現在學校外的任何地方。瞭解我們平時在校內關係的人看到那種景象，想必會大感不可思議——不，不用說校外，光是現在的情況就已經夠不尋常。

不僅是客觀因素，從主觀角度思考，我們兩個人也不可能湊在一起。

我尚未忘記他當時對我表現的憐憫。

從高低階級明確成形的那一刻開始，雙方之間便被厚重的高牆阻絕。我沒有資格翻越這座高牆，也不可能容許葉山做出同樣的事。

不論是這個世界還是我，器量都很狹小。

兩人不再說話。其他同學看到，可能還以為我們在互瞪。

過了一會兒，葉山首先打破沉默。

「當作是來幫我的，好不好？」

他對我低下頭這麼說道。這個反應出乎我的意料。雖然看不出他現在的表情，但是從緊握的雙拳判斷，絕對不可能是笑臉。

我不明白他出於什麼想法才向我低頭。儘管如此，我還是無法坦率地答應。

「我沒有什麼好幫你。你本來便不需要接受幫助。」

葉山維持低垂的頭，肩膀顫了一下。

「……再說，我放假時根本懶得出門。啊，對了，把你的朋友帶去，介紹給她們認識如何？那樣事情就通通解決了。」

我說完後，逕自離去。

「這樣啊……」

關上教室大門時，後方依稀傳來他的低喃。

× × ×

我回家後，窩在沙發上打發時間，開著電視機，翻翻幾頁書，再摸一下掌中遊戲機。「奇蹟交換（註17）」這種功能超棒的，真是獨行俠的一大福音。

晚歸的父母親不知念過我多少次，但我每次都用「嗯」或「喔」應付過去，現在他們已徹底死心，放任我自生自滅。

平常心情鬱悶的時候，我習慣早早就寢或專心看書。不過，這幾天不管做什麼事都沒辦法散心。

話雖如此，隨著時間進入深夜，我總算感受到周公的召喚。

我在沙發上打呵欠，用力伸一下懶腰。這時，客廳的門忽然開啟。

是學會自己開門的貓嗎？不是，是頭戴睡帽，身穿睡衣，滿臉不高興的小町。

正當我思考該說什麼時，小町先一步開口：

「哥哥，電話。」

「啊？」

她劈頭這麼說道，我立刻拿出自己的手機檢查——沒有來電，沒有簡訊，連電量也只剩一點。搞什麼，這樣的手機我才不要（註18）！

明明沒有來電，為什麼說有來電？我看向小町，赫然發現她把自己的手機筆直丟過來。好在我反應夠快，及時接住手機，不至於讓硬邦邦的手機跟自己的臉頰親

註17 遊戲《神奇寶貝X・Y》內建之交換系統。雙方玩家不須任何交流即可進行交換。

註18 改寫自吉幾三「我要去東京」之歌詞。原歌詞為：「沒有電視，沒有收音機，路上也沒有幾輛車。我才不要這樣的村子。」

密接觸。

「小町要睡覺了，用完直接放那邊。」

「啊，喔。」

小町拋下這句話，回去房間把自己關起來。

我看向她的手機，畫面上顯示「保留」。

總之，先接起來聽聽看。雖然不知道對方是誰，既然會打去小町的電話，應該不是什麼亂七八糟的人。

我解除保留狀態，把手機貼到耳邊，保持一定程度的戒心開口。

「……喂？」

『嘻～哈囉——』

聽筒內傳來異常開朗的問候，讓我產生當場掛斷電話的衝動。我拿開手機，確定來電者是誰。畫面上顯示「雪之下陽乃」的名字。

為什麼她會打電話來——還有，為什麼她知道小町的手機號碼？我納悶地跟手機螢幕大眼瞪小眼，聽筒內發出「有人嗎～～」的聲音。

然而，對方已經打電話來，我也只能把手機貼回耳朵乖乖接聽。

「請問有什麼事？」

『跟妹妹吵架了嗎？』

陽乃不理會我的問題，逕自拋出另一個毫不相干的問題。不知是不是小町跟她說了什麼，還是她察覺有異。那對姐妹吵架吵那麼多年，果然沒有白吵。可是，每次在一旁看妳們吵架，我便覺得胃痛得要命。拜託行行好，別再吵了可以嗎？

「跟妳們比起來，我們根本不算什麼。」

我酸溜溜地回答，陽乃開心地笑起來。

『哈哈哈，我懂了。』

「還有，為什麼妳知道小町的手機號碼？」

『校慶結束的那天，我們不是在文字燒的餐廳見面？那個時候交換的。』

原來如此……那次的確是她們第一次見面交談。初次見面便熟稔地交換手機號碼，想不到在不知不覺間，妹妹的交友圈已經擴展到這麼大。等等，這樣一來，她豈不是比我知道更多我認識的人的聯絡方式？

『不說這些了。我聽說囉～人家特地來邀請你，你卻不去。這樣真的好嗎？』

「我沒有受到邀請……」

她到底在想什麼？特地打電話過來要我面對現實？還有，葉山竟然跑去找她商量……不要做到這種地步好不好……

我開始思考該怎麼懇切地說明自己沒被邀請。這時，聽筒內的聲音柔和下來。

『隼人不是有邀請你？答應他不就好了。』

「算了吧，我怎麼可能去……」

我參加的話，他們的出遊一定會走樣。雖然那兩個女生不至於當著葉山的面對我擺臭臉，她們會換另一種方式，三不五時為我著想，營造「你真的不用勉強自己～反正下次還有機會」的氣氛，讓我自己知難而退。搞什麼，這不是我的同學會經歷嗎？

『為什麼不能？跟以前喜歡的女生約會，不是很浪漫嗎？呵呵～』

陽乃不忘調侃我一下。

「我不會稱那個為『喜歡』。」

『不會稱哪個為「喜歡」？』

我想也不想地回答，陽乃也想也不想地反問。關於這個問題，我從國中時代到現在，早已仔細思考清楚，現在沒必要再特別動腦筋。我流暢地回答：

「單方面地把願望強加在別人身上，或者說純粹自己會錯意，都稱不上真實的感情。」

因為對方主動對自己說話，關心自己，而在不知不覺間跟著在意對方，以為對方對自己有意思。結果，這一切完全是自己會錯意。自己不過是喜歡「對方喜歡自己」的事實罷了。

這種利己的思考方式跟戀愛感情可是差了十萬八千里。

「告白」的行為與貼上「喜歡」的標籤，不過是為那種感情下定義。那麼，真實的感情又是如何？我沒把握能回答這個問題，時至今日更是如此。

聽筒內傳來陽乃的嘆息。

陽乃默默地思考良久，接著發出輕笑。儘管看不到她的臉，我還是能輕易想見現在的她一定揚起嘴角，浮現妖媚的微笑。

她清楚地對我說：

『你簡直是理性的怪物。』

「那是什麼？我才不是呢。」

這個稱號聽起來頗帥氣，我不禁發出嗤笑。

『不是嗎？不然……自我意識的怪物好了。』

她這次的聲音不帶笑意。我知道她相當認真。

正因為如此——

說來不可思議，我意外地能夠接受。

我的體內的確存在著無可救藥的自我意識。這股自我意識之強烈，說不定連本身的自我意識都想否定。它如同神話故事裡，被幽閉在迷宮深處的怪物。沒有記錯的話，那個怪物最後被一位英雄殺死（註19）。

我即將陷入深沉的思緒時，陽乃明亮的聲音把我拉回現實。

『總而言之！你一定要出席約會，知不知道？』

「可是，那天我不太方便……」

註19 指希臘神話的「米諾斯迷宮」。米諾斯將半人半牛的兒子囚禁於迷宮深處，最後被雅典英雄忒修斯殺死。

即使心思不在電話上，嘴巴還是非常自動地回答。It's automatic（註20）。

『所以我幫你改到星期五了。你放假時懶得出門對吧？』

想不到敵人也不是等閒之輩，陽乃快速把我的理由打回票。等一下，為什麼她知道我說過的話？這也是跟葉山聽來的？還有，為什麼這個人能擅自做決定？

「星期五我也……」

『……你都跟雪乃出去過了，別忘了還有比濱妹妹。』

我想起今年初夏，以及暑假發生的事。

不知道為什麼，那兩次外出時都剛好遇到陽乃。她大概真的特別有那種運氣。自己有興趣的事一件接著一件在身邊發生，除了「受神眷顧」便找不到其他解釋的人，僅占非常少的比例。

不過，那兩次根本算不上約會。

我也不知道該如何正確稱呼。總之，我先把想到的話說出口。

「……那不過是去買東西跟外出跑腿。」

『這次也只是出去玩啊。再說，你不過是當隼人的陪客，跟他們一起走同樣的路而已。』

被她這麼一說，我一下不知如何反駁。要讓「外出遊玩」擁有什麼特別意義的話，我也勢必得為之前跟雪之下去買東西，以及跟由比濱去幫小町跑腿等事找出特

註20　出自宇多田光「Automatic」之歌詞。

別的意義。

我只能發出「唔唔唔」的苦思聲，陽乃繼續追加攻擊。

『還是說……你偷偷期待著什麼？』

「怎麼可能。」

我根本不可能有所期待。這麼回答後，電話的另一端傳來愉快的笑聲。

『那麼，不是沒問題了嗎？更何況，隼人平常可是不會向人低頭拜託的喔～』

「是嗎？我看他滿常跟人拜託的。」

『但是沒有低頭吧。他的自尊心其實很高的。』

真的嗎？

『再不要的話，那天我就直接去你家抓人喔！』

難道妳是我的青梅竹馬？而且妳連我家在哪裡都知道？太恐怖了吧！這麼說來，雪之下姐妹跟葉山的確是青梅竹馬。

我的心思飄去其他地方時，陽乃已經把電話掛斷。這個人真是霸道不講理，只允許自己說話，卻不理會別人說什麼。不過，她不霸道不講理的話，便不是雪之下陽乃。

通話結束後，我遵照小町的指示，將手機放回桌面。雖然我也可以直接去小町的房間還手機，但她對我的態度八成不會改變。更何況小町剛才說要睡覺了，現在去叫她大概也不會得到回應——即便她只是裝睡。

電話講得有點累了。

我準備倒回沙發，不過馬上煞住車。要是真的再倒下去，很可能跟上次一樣直接睡著，還是趁醒著的時候回去房間比較好。

而且，這樣小町才方便出來拿手機。

我刻意發出明顯的開關門聲離開客廳，回去自己的房間，倒到床上望著天花板。

儘管只是表面上的形式，我還是被推去跟女生們出遊。不僅如此，其中還包含我過去告白過的人。

話雖如此，我也沒有什麼特別的念頭。自己不過是維持比空氣更空氣的存在感，默默等待時間過去，如同在街頭舉看板的工讀生。那也是只要呆呆地站著，時間一到便有錢拿的工作。

星期五也是一樣的道理。我充其量只是葉山的陪客、附屬品，存在感不如便當裡的醃漬物，連壽司盒裡的綠色塑膠片都算不上，當然更不可能變成龍魔人，發射杜爾奧拿（註21）。

×　×　×

註21　壽司盒裡的綠色塑膠片原文為「人造バラン」。龍魔人為「勇者鬥惡龍——達伊的大冒險」之角色巴藍，發音同樣是「バラン」，會使用龍鬥氣砲咒文「杜爾奧拿」。

直到說好跟葉山等人出遊的當天前，我再也沒收到任何通知。但這也沒有辦法，誰教我們沒留對方的聯絡方式……我果然是附屬品。會像這樣被隨隨便便對待的附屬品，除了我之外便剩下食品添加物了吧。

我一如往常地上學，一如往常地跟四周空氣同化，走進教室坐到自己的座位。

葉山同樣一如往常地坐在教室後方，一如往常地在戶部、三浦、由比濱等朋友圍繞下，跟大夥兒聊天，讓人絲毫感覺不出放學後要跟別校女生出去玩。

他大概早就習慣這種約會，反而是我這個附屬品一直坐立難安，心想他什麼時候才要來通知……

不安的心情表現在外，使葉山有所察覺。他起身在課桌間移動，走到我的座位前。

他先在腦中挑選字句，沒有馬上開口。不過，最後說出的話倒是很簡潔。

「今天我們要什麼時候出發？」

這是什麼問法……難道你打算兩個人一起去？

「你的社團活動怎麼辦？」

今天是平日，沒意外的話，葉山得留下來主持社團活動。他該不會要我等到活動結束吧？我絕對不要。

他一派輕鬆地回答：

「今天暫停一次。使用操場的人那麼多，偶爾會停課一下。」

總武高中的操場不大，在足球社之外，棒球社、田徑社、橄欖球社等等的社團也搶著使用，所以偶爾停課也不無道理。

「喔，喔……那麼，到時候跟我說一聲集合地點。」

不管怎麼樣，我們沒必要連從學校到千葉的這段路都一起行動，直接在集合地點碰面即可。

何況，我不想在這件事上圍繞太久。由比濱也瞄著我們兩人看，我想趕快結束這個話題。

葉山似乎也無意讓我枯等，乾脆地讓步，接著拿出手機。

「好吧……那至少留個聯絡方式如何？」

「好。」

我拿出一張講義，在背面空白寫下自己的手機號碼。我待在家的時候，常常把手機亂扔，扔到最後連自己都找不到，只好撥家中電話尋找。多撥幾次，自然把這支號碼背得滾瓜爛熟。

「只有號碼是嗎？果然很像你。」

葉山一邊把我的號碼輸入手機，一邊笑道。要你管！反正我不跟別人傳簡訊，一組號碼便能行遍天下。

「那麼，晚點跟你聯絡。」

他儲存好號碼，留下這句話後，回去自己的座位。我沒有看他離開，只是撐著頭閉目養神。

距離被拉去千葉遊玩剩下九個小時。想到這裡，我的心情越來越低落。

看來今天註定將鬱悶一整天。

× × ×

放學前的導師時間結束後，我第一個離開教室。

集合地點是千葉車站的大型電子顯示幕前。折本她們應該會搭電車去，選在那裡確實比較容易找到人。

不過，那裡也不是適合久待的地方。

我放學後便直接出發前往千葉，所以抵達時距離約定時間尚有一個多小時。我把腳踏車停好，上幾步路之外的咖啡店消磨時間。

窗內一杯咖啡，窗外一杯街景。

這個座位吹到的暖氣不強，但可以感受到室外的空氣，所以咖啡也格外香濃。冷天裡的咖啡最好喝。MAX咖啡一年到頭都一樣好喝，在這個時節更是如此。至於其他品牌的咖啡，嗯……當然也有好喝的時候啦……唉，咖啡好苦。

我戴上耳機，翻開文庫本。這間咖啡店不走高格調路線，顧客也顯得較樸素。雙手翻過一頁一頁書，耳邊流過一首一首歌。

咖啡杯不再燙手。

我看一下袖口的手錶，離集合還有一點時間。我開始發呆，思考接下來要做什麼。這時，點亮黃昏街道的路燈忽然被黑影遮住。

玻璃窗發出「喀、喀」的聲響。

我轉過頭，看見雪之下陽乃對這裡招手……她怎麼會在這裡？

陽乃的嘴巴一張一合，好像在跟我說什麼。但是隔著一片玻璃，我當然聽不到聲音，只能擺出聽不懂的表情。陽乃聳一下肩，轉進咖啡店內。

隔著玻璃窗從客觀的角度觀察，我發現陽乃是一個容易受到注目的人，從旁經過的男性個個投以她「這個女生真可愛」的眼神。走進店內後，她也一樣成為眾人注目的焦點。

陽乃在櫃檯點一杯咖啡，來到我對面的座位坐下。

「妳來這裡做什麼……」

我開口便這麼問道。

陽乃將牛奶和砂糖倒入杯中，用湯匙攪拌均勻。她聽到我的問題，露出一副高興得不得了的邪惡笑容，還發出「嘻嘻嘻」的笑聲。天啊，這個人的笑容比咖啡還黑……

「自己的弟弟跟將來的弟弟出來約會，作姐姐的當然很好奇囉！」

「什麼將來的弟弟……」

「自己的弟弟」八成是指葉山。對年長三歲的陽乃而言，她或許這麼認為。可是，那種說法聽起來比較像約會的人是我跟葉山，麻煩改一下用字遣詞好嗎？

我打了個寒顫，陽乃自顧自地繼續說：

「而且……我想知道他不惜做到這個地步，也要找你出來的原因。」

她臉上造作的笑容早已不再，現在出現的是更恐怖的淺淺微笑。

不過，根據我在學校對葉山的觀察，多少能理解他為何這麼做。他一直對我受冷落一事感到過意不去。當時我明明也在那間店，卻沒受到邀請，葉山不喜歡這個樣子。

因此，這沒有什麼值得好奇。更讓我好奇的是眼前的這個人。

「妳真悠閒呢……」

我把心中的疑問說出口，陽乃一派輕鬆地回答：

「成績優秀又有錢的大學生就是這樣。」

哇，想不到這樣也能炫耀。

話說回來，大學生也真悠閒……雖然僅限於不用打工也不愁吃穿，又沒有課業壓力的人。

但是，真的那麼悠閒的話，不是應該在外面玩得更瘋瘋癲癲？成天到處遊玩的大學生根本不會去上課，春天開賞花派對，夏天開烤肉派對，秋天開萬聖節派對，冬天開火鍋派對，一年四季都在酒精中度過。他們主要的出沒場所包括住在學校附近的朋友家、遊樂場、遊藝場和麻將館。如果大學生活果真如此，我大概永遠也無法適應。

不過，陽乃看起來跟那些地方完全沾不上邊。那樣的話，她平常又在做什麼？總覺得這個人充滿神祕感……這時，我的腦海不經意地冒出一個念頭。

「妳的朋友很少嗎？」

「沒錯。只有你跟我要好……」

她說到這裡，還裝模作樣地擤一下鼻子。天啊，我受夠了──

說真的，我不認為那只是玩笑話。

陽乃屬於一個人也能過得很好的類型。仔細想想，既然她是雪之下的姐姐，擁有孤傲的一面也沒什麼奇怪。

想必有許多人仰慕、尊敬她光鮮亮麗的外表以及跟內在黑暗面的落差，而主動接近她，想跟她好好相處。我第一次見到陽乃時，她也正好跟一群朋友出遊。

儘管如此，能跟她建立對等關係的人，一定少之又少。

或許正是出於這點，她才對自己的妹妹那麼執著。

陽乃見我突然沉默，開口苦笑。

「好啦，剛剛只是玩笑話。今天我不會妨礙你們，放心吧。」

我回過神，想也不想地回應：

「喔，好。請隨意。」

「哎呀，真意外～」

陽乃訝異地眨眨眼。但這其實沒什麼好意外。

我不介意她中途插進來搗亂。老實說，我巴不得她用最快的速度破壞待會兒的出遊，讓自己早點解脫。

「嗯──那我就不客氣囉。啊，時間差不多了。」

她看一眼手錶確認時間，我同樣看看自己的手錶，現在過去剛好能準時抵達。好，慢慢晃過去吧。

我迅速整理好不太需要整理的物品，從座位上起身。仍然坐在位子上的陽乃對我露出笑容。

「好好努力喔！」

「是，我會努力不妨礙到他們。」

她果然不至於直接跟我們同行，而是在遠處觀看。

「路上小心～」

陽乃在胸前輕輕揮手，我也稍微點頭示意，在她的目送下離開咖啡店。

× × ×

夕陽已經西沉，街道逐漸顯露夜晚的面貌。除了我以外，車站前有不少人同樣等著赴約。

今天是星期五，想必有很多人等著在下班後出去喝一杯。

一對剛見面的情侶簡短交談幾句，牽起手走過我的面前。

我拉開袖口看手錶，時間剛好是約定的五點整。我很討厭當第一個到的人。最先到的話，代表接下來只能緊張兮兮地等其他人出現。然而以今天的情況來說，我這個附屬品還遲到的話，一定會造成他們的困擾。

不管怎麼想，自己的處境都很尷尬。既不能太過表現，又得小心不拖累他們。看來接下來的幾個小時，精神會相當緊繃。

剛過五點整不久，葉山首先出現。他搭乘電車，混在人潮中通過剪票口。由於葉山在眾人之中也特別突出，我自然而然注意到他。

葉山稍微調整胸前的領繩，四處張望，然後發現我，輕輕舉起手走過來。

「抱歉，我有點遲到。」

「不會，剛剛好。」

慢個一兩分鐘仍在允許的誤差範圍。我自己也不對時間那麼斤斤計較，所以一點也不在意。

剩下那兩個女生……我們不約而同地環視四周尋找她們。在此同時，葉山有點難以啟齒地開口。

「……對不起，勉強把你找出來。你幫了我一個大忙，謝謝。」

「沒什麼，我只是因為雪之下的姐姐太可怕才不敢不來。要謝的話去謝謝她。」

若不是陽乃的那通電話，我絕對不可能出現在這裡。不是我在說，我最怕被比自己年長的女性說三道四。另外，我也拿自己妹妹的要求沒轍，還有同班同學來拜託的事情。討厭啦，女生真的好可怕~

我萬萬沒料到葉山會從背後偷襲，使得效果更加顯著。「大家要做好朋友」的病嚴重到這個地步，也夠讓人感到恐怖。儘管心裡沒有不滿，多少還是向他抱怨幾句。

「我說你啊，為什麼不惜拜託她也要把我──」

「啊，好像來了。」

我說到一半，便被葉山打斷。他手指的地方跟這裡有一段距離，不過我也看到折本跟她的朋友。

她們發現我們在這裡等候，馬上快步跑過來。

「久等了！」

「對不起，我們遲到了……」

折本舉起手打招呼，跟我一樣不是很計較那幾分鐘。她的朋友仲町則帶著歉意低頭。

「一點也不會……那麼，我們走吧。」

葉山面露微笑，率先踏出腳步，折本跟仲町跟在後面。葉山大概事先跟兩位女生告知過，所以她們看到我時沒擺出「你在這裡做什麼」的表情。

「先去看電影是不是？」

葉山回頭問道，順便調整自己跟兩位女生的步幅，藉以縮短距離。

我跟在他們一步後的地方。

這不是要模仿大和撫子。我當然也會出於顧慮，刻意落在隊伍後方。不過，我還有一個更大的理由。

跟折本她們對上視線時，有種說不出的異樣感。

若要用言語表達，類似「應該是這樣的嗎」的洩氣感。即使「跟女生出遊」真的只存在字面上的意思，對高中階段的男生而言，依然是相當重要的活動。

真想不到，自己竟然會產生這種感覺。

初夏跟暑假的那兩次外出，我不斷勸戒自己「絕對不可會錯意」，所以沒有這個問題。然而，今天我完全不用擔心自己會錯意。

該怎麼說，自己好像一點感覺也沒有……

倒是葉山來的時候，我稍微怦然心動了一下——沒啦，我亂講的。

我一邊默默走著，一邊聽其他人對話。

今天晚上的行程是看電影、買東西、遊樂場、吃東西，然後散會。

極其標準的約會行程。

從出發到現在經過十五分鐘，我說過的話只有「是」、「不是」、「嗯……」、「喔——」、「這樣啊」、「原來如此」六種。連格鬥遊戲裡的角色台詞都比我多……光靠這六種句子即可搞定所有對話，不覺得我的社交能力超高嗎？我甚至覺得不主動找我說話的傢伙，社交能力低得可憐。

大家一路有說有笑有的看風景，終於來到電影院。想不到一群人集體行動時，短短五分鐘的路程也會花這麼久。

這是今天晚上的第一個行程。

雖然說要看電影，挑選影片的權利當然不在我，而是兩位女生的手上。好在她們選了我上次沒看成的電影，這一點還能讓我打從心底感到欣慰。

葉山以極高的效率幫所有人買好電影票。哇～～不愧是葉山～～潮罩der～～仔細想想，既然我只是多餘的附屬陪客，買票這種事應當由我負責。但事實上，「陪客」充其量是湊人數好聽說法，依舊改變不了空氣般的存在感，所以最好不要抱持過度的期待。

他們大概事先查過開演時間，一行人沒有在外等待，便直接進入放映廳。

折本跟仲町一左一右坐在葉山兩旁，我坐在折本的隔壁。那三個人一定會那樣坐，除此之外便沒有其他坐法。我自己則是因為認識折本，也只有她旁邊的座位可選擇。

電影沒有馬上開演，放映廳內四處響起窸窸窣窣的聊天聲。我的右手邊也是如此。

我靠著左邊的扶手，身體自然面向右側，形成與「彌勒菩薩半跏思惟像」左右對稱的姿勢。這個姿勢又名「嗯？喔，有啊，我有在聽」，好處在於能產生自己也參與眾人對話的錯覺，別人也因而不用特別顧慮我，勉強跟我搭話。

放映廳的燈光總算暗下，全場觀眾跟著安靜。

昏暗的光線中，電影小偷開始在螢幕上扭來扭去地跳舞。「電影小偷」儼然成為無人不知、無人不曉的招牌角色，不少人一看到他，立刻輕輕地竊笑起來。

正當我望著螢幕時，右手邊的扶手發出震動。我側眼看過去，折本把手貼在嘴邊，對我低語：

「如果國中的同學知道我跟你一起看電影，一定嚇一大跳！」

「是啊……」

「對吧！」

她忍著笑意用力點頭。

說得對極了。那些同班同學知道的話，絕對會嚇到下巴掉下來。

坦白說，連我自己都嚇一跳。

換成當時的我，肯定也會嚇一跳。但我不會高興，而會說著「不是那個樣子，我一點也不想跟妳出去玩」等等有聽沒有懂的理由拚命拒絕。我真的搞不懂國中生到底在純情什麼。

儘管我現在的根本心態沒什麼改變，至少有辦法走進電影院看電影。以這點來說，自己應該多少有些成長。

至少我再也不可能會錯意，或產生不切實際的幻想。

即使我坐在折本的旁邊，在黑暗中跟她靠得這麼近，我也沒有探究真意的念頭。

我靠著左手邊的扶手，折本靠著右手邊的扶手。

這種距離感有點教人懷念。回想起來，國中時的我們也曾經如此。現在重新想想，我發現自己跟折本的距離從來沒縮短過。折本佳織對不感興趣的人也使用同樣的態度應對。如此而已。

從來沒開始過的事，如今終於能好好畫下句點。

×　×　×

我們步出電影院，隨即感受到寒冷的夜風。

在觀看電影的兩個小時內，室外溫度一口氣下滑許多。

電影本身還算不錯。既有可看之處，也沒有特別乏味的地方，跟好萊塢片的水準差不多。

葉山等人同樣在分享觀看心得。原來如此，難怪電影院容易成為約會場所的首選，因為不用擔心看完後沒話題可聊。說不定《Hot-Dog PRESS（註22）》寫過類似的報導。

仲町不斷發出「真好看」、「真有趣」的感想，葉山笑著點頭，折本也搭上話題。

「不覺得那個爆炸很震撼嗎？比企谷還嚇到了呢！反應超白痴的，我都快笑死了——」

「我沒想到會那麼大聲……」

我的名字忽然出現在對話中，於是多少應答一下。被別人點到名字還沒有任何反應，會讓對方留下不好的印象。今天最重要的是不要妨礙他們。

葉山接著開口。

「那個啊，我也有點嚇到。」

「可是我看你超冷靜的耶～」

仲町緊緊黏在葉山身邊，看著他的臉說道。折本也不甘示弱地走到他身旁，故意誇張地拍一下手。

「啊～沒錯沒錯！我也有點嚇到，只有葉山穩穩地坐在那裡～不過，比……企谷的反……」

折本再也忍不住，笑得身體頻頻抖動。仲町往這裡瞄過來，跟著噗哧一笑。

註22 已停刊的日本雜誌。主要讀者群設定為年輕男生，提供流行、戀愛等相關資訊，堪稱年輕人的「戀愛指南」。

嗯，嗯……看來她們很欣賞我這個小丑的表演（翻白眼）。

沒關係，即使受到嘲笑，只要我這個附屬品沒打擾到她們就好。

葉山用有點為難的笑容看著她們，接著瞄一下手錶，催促道：

「不快一點的話，等一下要沒時間逛囉。」

「啊，對喔！百貨公司幾點打烊？」

折本對我拋出問題，可惜我不可能知道答案。我連要逛哪家百貨都不知道……為什麼有種參加千葉當地神祕旅行（註23）的感覺？

仲町拿起手機查詢，回答：

「嗯……八點半。」

「真的假的？那不是沒時間了嗎！」

折本連忙拿出手機看時間。現在是晚上七點半，也就是說只剩一個小時。雖然不瞭解女生購物需要耗上多久，這樣的時間肯定不夠。

因此，一行人加快腳步。

從葉山走的路線推斷，他打算從這裡穿過搭訕大道，前往PARCO（註24）一帶。那其實就是去PARCO嘛。

說到搭訕大道，這個名字真難聽。海濱幕張那裡也有一座「搭訕橋」，千葉到底

註23 mystery tour，不預先告知遊客目的地的旅行方式。
註24 日本的連鎖百貨公司。

怎麼回事？

我們沿路逛過幾家商店，來到大型十字路口。正對面的大公園內有很多年輕人在練舞跟溜滑板。

第二個行程，購物。

我們進入PARCO，搭電扶梯上二樓，順便聊聊冬裝，聊聊制服配圍巾的打扮——我當然沒參與討論。

二樓販賣的是流行女性服飾、室內擺設和生活百貨，很適合高中女生消磨時間。

室內擺設區包括沙發、床組，散發閒適的氣息。一男一女坐在同一張沙發上，說不定有助於拉近彼此的距離——如果《Hot Dog PRESS》沒停刊，他們一定會這樣寫。

但如果問我其他的服飾、配件又要怎麼寫，非常抱歉，我也想不出來。

這種時候，男生應該如何打發時間？

上次出去買東西時，我在女性用品區同樣感到侷促不安。那麼，我當時是如何度過的？

答案是：跟對方假扮為情侶，雖然扮得很不像。

所幸今天不需要這麼做。

或許是葉山在場的關係，也或許是大家兩男兩女的組合，店員沒有特別對我起疑。

如果要挑選送給別人的禮物，我還能提供一些意見。但她們要挑的是自己用的東西，所以沒有我置喙的空間。

我只是杵在葉山的斜後方發呆。

「葉山同學，這個怎麼樣～」

「啊，這個呢？」

折本跟仲町圍著葉山，大秀各自挑選的服裝，葉山也忙著對她們品頭論足。

另一方面，無聊到發慌的我索性想像自己是保護要人的隨扈，按住耳朵假裝聽取無線電內傳來的簡報，或是四處尋找狙擊點，提防周遭狀況。

這時，警戒網出現異常訊號。

我聽到熟悉的聲音。

「嗯～～穿起來是不錯，但顏色會不會跟制服混在一起？」

「說要看靴子的人不就是妳……」

我小心翼翼地看向聲音來源，在斜對面的店鋪發現班上同學。

三浦優美子皺著眉頭站在鏡子前，海老名姬菜則不耐煩地在一旁看著。

「還是黑色吧。」

三浦自顧自地低喃，換穿另一雙黑色皮革靴，再度站到鏡子前打量。黑色皮革靴似乎對到海老名的味，她開心地拍起手。

「啊，這個真不錯！制服配上黑皮靴感覺好 maniac～」

「……算了。還有下次妳再說那種話，我就要敲下去囉。」
三浦滿臉厭惡地脫下靴子。不過，我看她倒是聊得很高興。
大家相處融洽是再好不過的。可是，由比濱不在場讓我有些在意。那三人組總是固定結伴出遊跟購物，難道她今天另有行程？
「不然這種絨面革的怎麼樣？」
海老名從另一個架子拿下靴子，轉身要拿給三浦。轉到一半，她跟全程看著的我對上視線。
「啊。」
這應該是畢業旅行後，我們第一次好好看著彼此。兩個人停頓一會兒，互相打探該如何反應。
三浦也察覺有異，轉過頭來。
「海老名，怎麼了？」
下一刻，她看到我——更正確地說，是我身後的葉山。不僅如此，她還直擊葉山跟兩個女生待在一起。
「隼、隼人……」
她撥幾下微捲的金色長髮，猛地站起身——
然而，她被只脫一半的靴子絆到腳，大大地跌了一跤。
內褲！粉紅色的！真意外！

好險好險，差點產生「今天有跟出來玩真是太好了」的念頭……

「哇！優美子！有沒有怎麼樣？」

海老名連忙跑過去扶起三浦。

三浦按著摔倒時撞到的臀部，含著淚水呻吟。她看起來真的很痛，海老名溫柔地安撫她。我究竟看了什麼景象……

「嗚～～隼、隼人……」

臀部的疼痛久久不退，三浦含淚看著葉山。

啊啊……那一定很痛……不論是身體還是內心。

不過，看到平常那麼強勢的女孩流出眼淚，感覺也挺不錯的呢～

不對，現在不是胡思亂想的時候。照三浦的狀況看來，她恐怕得花上好一段時間才能振作。但是她振作之後，絕對會直接殺去跟折本等人起爭執。要是她先前對付一色的方式在這裡重演，也會帶給我們莫大的麻煩。而且，事情不可能三兩下解決，八成會拖到很晚，影響到我的回家時間。

我躡手躡腳地繞到葉山背後，壓低聲音告訴他：

「葉山，差不多該去下一個地方了。」

「咦？」

葉山看一看時間——不對不對，不是因為時間，而是更恐怖的問題！

好在他不知怎麼想的，最後同意我的看法，低喃一聲「也對」，對折本她們說：

「我也有一些想看的東西。」

折本跟仲町聽到他的聲音，將手裡的東西放回原處。

「好啊～你要看什麼？」

「總之先走吧。」

葉山迴避問題，帶著她們離開店鋪。

拉開與三浦和海老名的距離後，現在進入葉山的購物時間。

順帶一提，本人好像沒有被分配到購物時間。雖然我也沒什麼東西想買，真要說的話頂多去書店看看。不過，那種地方我比較想一個人去。

「我想先看一下滑雪服。」

葉山說罷，走向上樓的電扶梯。要看滑雪服的話，應該會去六樓的運動用品區。

這時，電扶梯方向傳來吵嚷聲。

「不要這樣嘛～伊呂波～再去一間MURASAKI就好了嘛～」

「不可以～啊，西口那邊不是也有一家LI、LION（註25）什麼的店？」

「那家是棒球用品專賣店。等一下，妳明明知道名字嘛～」

一對亞麻色中長髮和棕色長髮的男女正好下樓。他們拎著我們待會兒要去的店鋪袋子。

「咦～那不是隼人嗎？」

註25　指 Lion Baseball Pro Shop。

戶部的視線捕捉到葉山，立刻撲上去哭訴。

「隼——人——」

「戶部，你怎麼了？」

葉山被他突如其來地一抱，露出疑惑的表情。戶部拉著髮際，老大不高興地抱怨：

「聽我說啦～～伊呂波說想買一件新的運動衫人家才陪她來結果她買的卻是高蛋白……」

他說到這裡，才意識到我跟折本等人也在場，正在進行兩男兩女的四人約會（笑），於是尷尬閉上嘴巴，往後退兩步。

「嗯……啊，抱歉抱歉，打擾到你們了嗎？真的很抱歉啦～我們馬上閃人～喏，伊呂波？」

戶部慌張地回頭看伊呂波，卻發現伊呂波原本在的位置空蕩蕩。

原來，她早已神不知鬼不覺地潛行到我身旁。

好快！超快的！這是什麼巫術？

「學長，你們在做什麼～啊，跟朋友出來玩嗎～」

伊呂波一臉笑咪咪，用聽了彷彿耳根子要融化的聲音問道。儘管乍聽之下，這句話只是學妹在校外巧遇學長時會問的內容，我卻感受到一股難以名狀的壓力。

她的深層意涵恐怕是：「你的膽子可真大，竟然把我的委託丟在一邊，跑出來跟其他女生玩」。不不不，妳誤會了。我當然也有用我自己的方式思考，根本沒有忘記妳的委託喔！

「不，這不是在玩……」

我努力思考該怎麼解釋。一色揪著我的袖子，抬起眼睛看過來，像極了一隻小動物。怎麼回事，好像有點可愛……別再那樣看著我，我會不知所措！

我眨巴著眼睛，任伊呂波不斷拉自己的袖子。在意想不到的拉扯下，我的肩膀往下落，身體跟著前傾，剛好湊到她的面前。

一色露出溫和的笑容，輕輕張開粉嫩的淡紅色嘴脣——

「還有啊，那個女的是誰？啊！是不是學長的女朋友～咦，可是她們有兩個人耶……你們到底是什麼關係？」

在燦爛的笑容下，卻藏著冰冷的聲音……恐怖，太恐怖了！

「呃，這個……」

我想著該如何回答才能讓自己安然脫身，後來是葉山代替回答：

「抱歉，伊呂波。是我請他來作陪的。」

「喔～原來是這樣～對了，我們也正在逛街，不介意的話要不要一起走？」

一色倏地鬆開我的袖子，一個轉身直接繞到葉山的面前。想不到她滿強勢的嘛。

這時，戶部有些慌張地對她招手。太好了，總算解脫了……

「喂，伊呂波，我們也走吧！」

「你們也出來買東西嗎……那麼先這樣吧。」

葉山輕輕舉手道別，一色也裝出可愛的模樣在胸前揮手。

「好～再見囉～」

接著，她同樣對我揮手。

「學長，下次記得告訴我喔～」

唉，我果然沒能完全解脫。真不曉得下次見面時，她會如何逼我吐實……

不過，下次見到她的時候，說不定已經是投票當日——不，不會那麼晚。在投票日之前，至少得先沙盤推演一次。

為了不讓她的信任投票通過，競選演說越糟糕越好。但是那樣一來，可能導致她的形象被拖累。另一方面，如果她表現得太好，不論助選演說多不專業、多亂來，也可能照樣得到大家的信任。兩者間的分寸拿捏是一門大學問。

不管怎麼樣，是成是敗皆取決於那天的演說。下個星期找一天跟她討論一下好了……那麼，今天的事情又該怎麼解釋？

我目送一色和戶部離去，心中又多添一分不必要的擔憂。

戶部一路上不斷發出吆喝，想幫一色打起精神。他真是個好人。

「好！接下來去 Lion Baseball！」

「啊，不用了。反正那邊賣的都是棒球用品。」

「咦？」

我好像聽到可憐兮兮的聲音。

「……她也滿厲害的。」

我不禁說出自己最直接的感想。葉山聽了，跟著苦笑。

「是啊，我也有點頭痛。」

「喔——」

那是什麼意思？跟我炫耀嗎——我暗自這麼抱怨，接下來卻聽到出乎意料的話。

「想不到伊呂波會對你表現出那種模樣……」

「什麼？」我聽不懂這句話的意思。

葉山換上認真的神情。

「……不只是我一個人，她習慣對大家展露自己可愛的一面。她的心中可能有個明確的自我形象，並且一直維持那樣的形象。她一定很希望得到寵愛吧。所以，像剛才那樣表現出原本的樣子，是很罕見的情形。」

照你這樣說，豈不是變成因為不想得到我的寵愛，才表現出原本的樣子……

戶部跟伊呂波搭著下樓的電扶梯，消失在視線範圍後，待在遠處的折本和仲町重新靠上來。她們大概是不想當電燈泡，或認為不要接近一副不知所措的戶部，以及明顯散發警戒心的一色才是上策。

我們搭電扶梯上六樓，進入正前方的運動用品店。

「剛剛的人是朋友嗎？」

「嗯，跟我一樣是足球社。」

葉山回答仲町的問題，折本也很隨興地加入對話。

「沒錯沒錯！感覺得出來！」

真的嗎……我不覺得戶部像是會踢足球的人。但如果問我他比較適合什麼運動，我也說不出答案。畢竟我根本懶得瞭解戶部。

折本同樣對他興趣缺缺。

「葉山同學感覺也是會踢足球的人。你踢很久了嗎？」

很明顯，這才是她的重點。

「嗯。不過，國中後才開始正式練習。」

喔？這個倒讓我有點意外。本來以為他一定參加過青少年足球隊——我的表情流露出內心的想法，葉山帶著苦笑補充：

「念小學的時候，我接觸過各式各樣的東西，沒有限定在足球一項。」

我下意識地頷首表示理解。自己竟然會出現這種反應，難道我比那兩個女生還對葉山有興趣？好啦，其實沒有。那些事情對我來說一點也不重要。我只是因為閒得發慌，才不知不覺聽得入神。

為了掩飾尷尬，我隨手摸摸展示用的衣服，玩玩放在斜對面櫃子的握力器。

然而，仔細想想，葉山也是充滿神祕色彩的人。儘管我自己不會特別想瞭解他，他本人也從不主動提起。這個部分跟雪之下有些相似。上流社會的人總是特別慎重吧。

連不是很有興趣的我都認真聽葉山說話，兩名女生更是不在話下。

「咦～可是，你念的國中應該很強吧？」

「真厲害。哪像我們國中，社團整個超弱的。對不對？」

折本將頭轉過來徵求我的同意。藉由貶低自己來抬舉對方，應該算一般平民的慎重吧。於是，我點點頭。

接著，折本又忽然想起什麼，發出「啊」的聲音。

「對了，你當時沒參加社團活動，但好像有在體能檢測受到表揚？」

「嗯。」

經她一提，我才想起國中時有體能檢測這回事。體能檢測是由學生互相幫忙測量，所以大家總是隨便記錄一下了事。以我的情況來說，由於同組的人也不怎麼想測，碰到二十公尺漸速折返跑之類比較累的項目時，便直接憑空抓一個數字填上去交差。多虧如此，最後我竟然有辦法拿到A等。其實，就算我沒有偷懶，成績標準也不是很嚴格，要拿到好成績並不難。當時班上也有不少人同樣拿到A等。

葉山想必也是如此。

他拿起一件運動衣，開口：

「我記得體能檢測會頒發獎牌對吧。」

葉山試著回想一下那段時期，我的記憶門扉也緩緩開啟。

「沒錯沒錯！放學前發獎牌表揚，大家看他上去領獎時，都覺得很好笑！」

折本想起當時的情景笑出聲音。仲町也在腦中想像畫面，用手捂住嘴巴噗哧一笑。

啊哈哈，這種時候只能跟著乾笑了。

平時不怎麼起眼的傢伙在意想不到的地方有所表現時，很容易發生這種事。其他還包括在國語課和英語課朗讀課文。這種近乎公審的文化真是下流社會才喜歡的娛樂。

「滑雪板真不錯～」兩位女生笑得心滿意足，開始挑選適合葉山的運動衣。

我在兩步外的地方觀看，葉山悄悄靠過來說：

「……你的國中時代真奇特。」

「要你管。」

我的國中時代一點也不奇特。大部分的人一定都有類似的經驗。真要說的話，葉山的經歷才跟一般人大相逕庭。

然而，葉山要說的不是這個。他聳聳肩，繼續說：

「我不是這個意思……你國中時喜歡那個人？」

他看向折本。

「你喜歡那種類型的人？我還滿意外的。」

「別再提了……」

葉山的嘴角揚起笑容，彷彿在嘲弄我。雖然他的臉上永遠保持笑容，有辦法跟任何人好好相處，我還是第一次看到他露出這麼有趣的表情。

其實，根本用不著他特地說出來，我自己也很清楚。

真要說的話，那也算是自己年少不懂事吧。

回顧幾年前的自己，不會改變當時喜歡折本佳織，對她告白的事實。只不過，這不代表她在我的心中，是一個特別的人。

「不是只對她一個人。我也喜……注意過跟她完全不同，個性內向或比她更吵吵鬧鬧的類型。」

「喜歡」這個字眼來到嘴邊，我瞬間感到一陣難為情，臨時決定換一個字眼。

「那些不叫做喜歡的類型喔。」

葉山的笑容轉為苦笑。那副老成的模樣觸動我的神經，一陣近似不耐的情感湧上心頭。我勉強把這股情感壓抑住，緩緩說道：

「……何況，過去那個樣子，不代表現在還是那個樣子。」

「……的確。」

他點點頭，同意我說的話。我們的對話到此結束。

然而，他依然佇立在我身旁。

兩個人沉默不語，現場只剩下店內播放的音樂，以及折本和仲町的談笑。

「到頭來……」

忽然間，葉山發出聲音。

他的語氣滿是苦澀，僅僅說出三個字便打住。我看向他的臉，等待接下去的話。結果，他略微別開視線，望向某個不存在這間店鋪，更遙遠的地方。

「到頭來，還是從來沒真正喜歡上一個人過。」

這句話使我的胃部一陣緊縮。有那麼一瞬間，我的呼吸忽然停止。我沒辦法反射性地反駁，腦海中甚至完全沒產生這個念頭。

我直覺到繼續保持沉默並不是辦法，微微張開嘴脣想說點什麼，無奈怎麼也發不出聲音。

葉山對說不出話的我泛起自嘲般的微笑。

「……不論是你，或者是我。」

從他略微仰起的側臉，我好像看見懺悔的神情。

「所以，我們才會誤解。」

這句低語像呼出的白霧消散在空氣中。

「葉山同學～這件怎麼樣？」

遠處傳來折本的聲音，葉山深沉地閉上雙眼，接著迅速睜開。這時，他已經恢復以往的爽朗笑容。

「哪一件？」

他開口問道，同時往折本的方向走去。從上到下的整副姿態，都是我所熟知的

「葉山隼人」。

然而，我所不知道的葉山隼人，卻是一副泫然欲泣的表情。

×　×　×

我一路陪他們挑選運動衣，直到百貨公司打烊。接下來終於進入今天的最後一項行程。一行人離開百貨時，天空已經完全變成靛藍色，氣溫也降得更低。

葉山看一下時間，對折本等人詢問：

「妳們餓了沒？」

「餓了！」

折本想也不想地回答，葉山苦笑一下。折本自封為直爽型女生，即使被問到這種問題，也不會刻意裝出小女生的樣子。可是啊，這種時候應該表現得嬌羞一點，才能幫自己加分。懂？

「那麼，晚餐要吃什麼？」

葉山繼續問道。仲町稍微思考，最後客氣地回答：

「我都可以。」

「你想吃什麼？」

折本轉頭看我，她的表情如同等著看好戲。

也罷，既然對方問我問題，我便要給出答案。反正我也想快點回去，乾脆就近挑一個地方趕快吃完散會。

「薩莉亞，如何？」

說到千葉地區的薩莉亞，我可是瞭若指掌。就決定是薩莉亞了，結案——然而，仲町聽到我的回答，卻用不敢置信的眼神看過來。

「咦……」

奇怪耶妳，剛剛妳不是自己說都可以嗎？現在又有什麼不滿？不喜歡薩莉亞？還是不喜歡我？

我的話也就算了，但請妳好好向薩莉亞道歉。就算討厭我，也請不要討厭薩莉亞！(註26)

「薩……薩……薩莉亞……」至於折本，她則是捧腹大笑。看來即使我們在這裡站到永遠，也沒辦法討論出結果。最後還是由葉山出面解決。

「不過，我也覺得吃些簡單的就好。對面的那間咖啡店怎麼樣？」

他指向馬路對面一家時髦又別致的店。兩位女生看了皆立刻點頭。話說回來，妳們其實是因為葉山提議才說好吧……我根本看不到由自己提出相同意見，她們仍然會無異議接受的未來。這跟「玩樂團不會讓你更帥氣，帥氣的人玩樂團才會更帥

註26　原句仿前田敦子在AKB48總選舉上重新奪冠時的名發言：「就算討厭我，也請不要討厭AKB！」

氣」是一樣的道理。

總之，我們速速穿越馬路，進入咖啡店。

店內的暖氣溫度適中，燈光微暗，整體氣氛頗為舒適。

我們各自點好餐，走上二樓。

或許是過了用餐時間的關係，此處的客人有些稀疏。

樓梯口的餐桌位置有若干人，靠窗吧檯有一個人，內部餐桌區沒有人。所以我們選擇到內部餐桌區。

從這裡能看見用玻璃隔開的吸菸座位區。

吸菸區內有一名女子，戴著耳機，用帽子遮住自己的容貌。她既沒有抽菸，桌上也沒有菸灰缸。

原來她真的跟過來了……

雪之下陽乃偷偷地對我一個人揮手。

好吧，畢竟她也說過不會來妨礙，放任不理會應該沒有關係……再說，到目前為止也不見她插手過。

葉山不可能沒注意到陽乃，他卻不說任何話。看來他打算直接裝作沒看見。

另一方面，折本跟仲町完全沒察覺陽乃的存在。按照常理思考，這也是理所當然的。她們怎麼可能想到，就讀大學的大姐姐會特地跑來這裡看弟弟約會？連我自己都不可能想到。

最重要的一點是，她們只顧著跟眼前的葉山聊天，壓根兒不把其他事放在心上。喔，這裡所說的「其他事」當然包括我囉。

在溫熱的飲料催化下，女生們跟葉山越聊越熱烈。我只是默默地看著他們，趁吹涼咖啡的時候點頭意思一下。

待咖啡終於不再燙口，我才把頭抬起。三人的對話也正好暫歇。

折本一時找不到話題，將視線掃到我身上。為什麼看我？現在給妳機會講，妳為什麼不講？我在心中納悶一陣，最後發現自己擔心這些根本沒必要。

「啊哈！」她發出笑聲，開心地說道：

「可是，薩莉亞也太遜了吧～」

「的確有點遜……」

一旁的仲町跟著咯咯笑。

喔……哎呀，不好意思。請問您叫什麼町來著？

由於國中時代的過往，折本總是把我當笑料看待。這一點我不是不能理解，也覺得可以接受。但是，現在連她的同伴都加入嘲笑的行列，這是怎麼回事？

只要曾經瞧不起對方一次，往後說話大可口無遮攔。不知不覺間，她已經得到愛怎麼說、愛怎麼嘲弄別人都不理虧的免死金牌。

折本——更正確地說來，是過去的我自己製造這樣的機會，留下把柄，現在便沒有什麼話好說。

只好心甘情願地接受囉。啊～～咖啡苦澀，人生也是苦澀。

在苦澀咖啡的餘韻下，我勉強挪動僵硬的嘴角陪笑。這時，坐在一旁的葉山「喀」的一聲放下杯子。

「我實在不太喜歡這種……」

「沒錯吧！」

葉山點著頭說道，仲町不明就裡也跟著點頭。

「啊，不是喔。」

這時，葉山露出笑容。

他用比巧克力更甜的聲音，耐心地告訴兩位女生她們誤會什麼。

「我說的是妳們。」

此刻，他臉上的笑容如太陽般燦爛。

「嗯，請問……」

折本跟仲町一時會不過意，不解地出聲問道。我自己也無法正確掌握那句話的意思，頭上浮現問號。

大家忽然沉默下來，使店內播放的音樂明顯許多。

喀、喀——這時，我聽見有人走上樓梯，緩緩走向這裡。

「……來了嗎。」

葉山低語，從座位上站起。

他舉起一隻手。我順著他的視線看過去，發現雪之下跟由比濱。她們都穿著制服，帶著書包，似乎是剛從學校過來。

面對意想不到的訪客，我也不自覺地站起身。

「妳們……」

「自閉男……」

由比濱露出有點悲傷的笑容，緊握背上背包的帶子，杵在原地不知所措。

站在身旁的雪之下只是凜凜地凝視我們。她跟我對上視線時，依然不改沒有一絲情感的冰冷眼神。

她們的態度如同對我責難，我不禁把臉別開。

「妳們為什麼來這裡……」

回答這個疑問的人，是葉山。

「是我找來的。」

我、折本跟仲町無不睜大雙眼。折本等人完全不曉得發生什麼事。葉山先對她們發出強硬的措詞，接著又有她們不認識的人來到現場。不僅如此，那些人還是葉山找來的。

我一時無法會意，愣在原地不動。同一時間，葉山把頭轉向折本她們。

「比企谷的程度才沒有妳們想的那麼低。」

他臉上不再掛著笑容，語氣也散發明顯的敵意。折本跟仲町目睹他緊迫盯人的視線，一時之間無法呼吸。

「跟他要好的女生，比妳們好上太多。請妳們別再只看外表，說那些自以為是的話。」

葉山指向雪之下和由比濱，折本跟仲町順著他的手看過去，暗自倒抽一口氣，喉嚨擠不出一絲聲音。

她們心中的葉山隼人形象早已破滅。她們甚至感到恐懼，不曉得究竟發生什麼事。

兩個人答不了腔，緊閉嘴脣不發一語。

現場唯有一個人發出聲響。

吸菸區玻璃牆後的吧檯位置，傳來一聲輕笑。

經過好一陣子，折本深深地嘆一口氣。

「抱歉，我要走了。」

她拋下這句話，抓起書包。仲町也急忙跟進。

「啊，嗯。抱歉，我也……」

兩個人站起身，往下樓的樓梯走去。經過雪之下和由比濱身邊時，折本倏地停下腳步，瞄一眼她們。

雪之下絲毫沒把她放在眼裡，依舊緊盯著我跟葉山不放。由比濱耐不住折本的視線，忸怩地把身體跟臉轉開。

「這樣啊……」

折本似乎瞭解了什麼，獨自發出低喃，繼續踏出腳步。仲町也回頭看葉山最後一眼，但是，她又很快地把頭轉回去，悄然無聲地走下樓梯。

兩個人離去後，雪之下輕吐一口氣，緩緩開口：

「我聽說你找我們來，是要討論選舉的事。」

她用銳利的目光質問葉山，眼神中的氣魄比話音強烈。葉山沒應聲，只是別開視線。

「選舉？學生會選舉？」

雪之下不理會我的疑問，葉山無力地頷首。由比濱見狀，慌慌張張地幫忙緩頰。

「其，其實呢，我跟小雪乃也在討論，能不能拜託隼人同學出來參選，然後今天剛好有機會討論，所以，所以……」

她劈里啪啦地說了一大串，最後還是越來越無力。

她們果然在考慮請葉山參選。這是合情合理的選擇，我完全不感意外。只不過，想不到葉山會答應委託。儘管他屬於被別人多拜託幾次，總會拉不下臉拒絕的類型，但他已經是足球社的社長，若想兼顧社團與學生會，只怕最後兩頭都落空。

葉山不可能不明白這一點，所以他應該不會答應。

我看向葉山，想了解他的真正意圖。葉山察覺到我的視線，有氣無力地低語：

「我只是想做自己做得到的事。」

聽到這句話，第一個出現反應的不是我。

「喔~原來如此——」

此刻，始終待在吸菸區一角的女性站起身，摘下帽子，走到我們的面前。

「姐姐……」

雪之下見到陽乃，也難掩心中的動搖。她一定沒料到對方也在現場。陽乃很滿意雪之下的反應，露出不懷好意的笑容。

「要當學生會長的不是妳啊~我還以為妳一定會參選呢。」

陽乃逐步逼近雪之下，在她的跟前停下腳步。雪之下緊咬嘴脣，略微垂下視線。可是，就算不看對方，一樣不能摀住耳朵，裝做什麼都沒聽到。

「什麼事都推給別人做，這一點跟妳的母親真像。」

雪之下無從反駁，只能用力地握緊拳頭。陽乃湊到她面前，輕輕撫摸她的頸部。

「沒關係，妳可以繼續這樣下去。反正妳從來不需自己動手，便有人主動代勞。沒錯吧？」

陽乃修長的手指在雪之下纖細潔白的頸部緩緩遊走，彷彿要劃開她的動脈，扣住她的脖子。

她的手指滑到咽喉時，被雪之下一把揮開。

她們維持那個姿勢對峙好幾秒鐘。沒有人能打破緊張的氣氛，介入兩人之間。

「沒錯，正是如此……」

雪之下瞪一眼陽乃，再用相同的眼神瞪向葉山。葉山深深嘆一口氣，閉上眼睛，陽乃則露出得意的笑容。

雪之下背好背上的書包，轉過身去。

「如果沒有其他事，我要走了……」

她回頭這麼說道，離開現場。

凍結的時間開始緩緩流動，我們好不容易鬆一口氣。由比濱這也才回過神，轉身追雪之下。

「小、小雪乃，等一下！」

她匆匆忙忙地跑下樓，最後，腳步聲也消失無蹤。現場只剩下我、葉山、陽乃三人。

「為什麼要故意對雪之下說那種話？」

陽乃聽到我的問題，收起冷酷的笑容，輕輕嘆一口氣。

「還需要我說嗎？我不是每次都這樣～」

「單純要找麻煩的話，也太大費周章了吧。」

在此之前，陽乃也是動不動便找雪之下的麻煩。然而，今天的陽乃明顯不同。她的一舉一動皆帶有攻擊性，超出挑釁的程度。儘管在意陽乃那樣做的理由，她卻故意裝可愛，把頭歪到一邊裝傻帶過。

「是嗎？」

即使是兄弟姐妹——不，正因為是兄弟姐妹，一定有水火不容之處。雪之下姐妹在各方面都很優秀，從小時候開始便不斷地受大家比較。因此，雪之下當然會對陽乃抱持某些想法。可是，身為姐姐的陽乃同樣受到比較，如果她的那番話隱藏什麼意涵，我也不會太訝異。

「當然。我也有一個妹妹，不是不明白手足之間的糾葛。」

所以，我能抱持百分之百的確定。

陽乃聽完我的話，只是泛起微笑。那個微笑跟先前在甜甜圈店，對我露出的笑容完全不同，一點也沒有當時的平和。

「比企谷，你清楚的東西真不少呢。」

這句話充滿諷刺，宛如在挖苦我的膚淺，同時擺明拒絕我這個局外人繼續深究。

潛藏在笑容底下的壓力，使我不由得寒毛直豎。

「……」

陽乃見我擺出防衛姿態，瞇細雙眼，換上柔和的視線，語調也開朗許多。

「別擺出那麼可怕的表情嘛。我是真的很佩服你。」

「承蒙妳的誇獎……」

我隔著一層外衣，摩擦尚未退去的雞皮疙瘩。

此刻，陽乃看著我的眼神，出乎意料地柔和。

「你這個人真有意思，動不動便想解讀別人的深意。我很喜歡這種人。」

她突然天外飛來一筆，使我完全不知該如何回應。接著，她又帶著微笑補充：

「好像害怕其他人有什麼惡意，很可愛喔。」

出現在我眼前的是一張嗜血，單純把自己當寵物看待的表情。我絲毫感受不到她口中的「喜歡」。陽乃說罷，將視線往旁邊挪。

「不像什麼事都辦得妥妥當當的人，一點意思都沒有。」

一直在旁靜靜聆聽的葉山，發出類似輕咳的嘆息。不需等到陽乃指名道姓，我便知道她在說哪一個人。

陽乃見我跟葉山仍然不開口，無奈地聳聳肩。

然後，拿起放在座位上的東西。

「反正好奇的事情已經有答案了，我也回去吧。而且，場面冷掉就不好玩了～」

她說完後，頭也不回地走下樓梯。那般瀟灑的姿態的確是陽乃的作風，不可能有人阻止得了她。

空氣中依稀殘留她身上的香水氣味。

剩下我跟葉山杵在原處。

我不想繼續在這裡浪費時間，於是拿起自己的書包。

其實，我已經忍耐很久。

不管再怎麼忍耐，唯有一句話，我忍不住衝口說了出來。

「……少在那裡自作主張。」

我不是對葉山的行為本身感到憤怒，而是不願被雪之下與由比濱看到自己跟其他女生在一起。

正因為明白這一點，我更感到惱火。

葉山自嘲般地無力笑笑，肩膀垂落下來，使原本比我高的身材縮水不少。

「對不起，我沒有那個意思……我只是，做了自己想做的事。」

「……也包含剛才對折本她們說的話？」

他的淺笑如雪之下陽乃刻薄，跟平時的葉山隼人判若兩人。那幅笑容明明像陽光一樣燦爛，卻又膚淺得無以復加。

我很清楚葉山對折本她們那麼說，是為了幫我出一口氣。儘管如此，我仍然不了解，為什麼他不惜破壞自己一直以來的形象，做到這個地步。

「……你那樣做，真的沒關係嗎？」

「……感覺糟透了，絕對不想再做第二次。」

葉山緊咬嘴脣，痛苦地回答。

「那你何必那樣做？」

我受夠了。我實在搞不懂那些好人的腦袋究竟怎麼運作。他們為了貫徹「大家要好好相處」的信念，才像那樣挖東牆補西牆。問題是，我從頭到尾都沒提出加入他們的要求。

葉山一屁股坐回座位，用眼神示意我也坐下。我沒照做，直接站著等他開口。

葉山無奈地嘆一口氣，稍微把身體往前傾，交疊十指。

「……我一直在思考，如何挽回被自己破壞的事物。」

「啊？」

我聽不懂他在說什麼。

不過，我從語焉不詳的口吻明白他刻意避免提及，也不小心察覺到他說不出口的話。

「我……對你有所期待，才會儘管心知肚明，卻仍然去拜託你。結果……」

「喂。」

別再說下去了。

我用比平常強烈的語氣打斷葉山。那件事早已結束，成為過去，我無意再觸及。現在重新提起那件事，無疑是挖開我的傷疤。

葉山本身也不願意提及，所以吞回原本要說的話，直接跳到結論。

「你應該看清楚自己的價值……不只是你，其他人也一樣。」

「你在說……什麼？」

我沒想到他會這麼說，訝異之餘，話也說得有一句沒一句。

「可是，我也知道這很困難……真希望有其他更好的方式……我能夠做的，就只有這樣。」

葉山自嘲地苦笑道。苦笑之後，他用非常難過的眼神看過來。

「……從過去開始，你都是這樣做的吧。是不是該停下來，不要再自我犧牲了？」

「……別把我說得跟你一樣。」

梗在喉嚨的情感，化為空間內低沉的聲音。這短短的一句話混雜焦躁、怒氣，以及些許悲哀。

啊啊……這種心情真複雜，總覺得體內埋了一顆不定時炸彈。

你已經把我逼得無路可退，來到距離我這麼近的地方，為什麼卻在最後一個路口轉錯方向？

在心中的某個角落，我想必有所期待。暗自期待葉山或許理解了真相。

可是，我錯了。

少用一副高高在上的姿態同情我，可憐我。

葉山，你搞錯了。我是因為可憐你，才願意幫助你。但是，你根本沒有可憐我的理由。

無法以文字定義的情感從我的口中衝出。

「犧牲？別開玩笑。對我來說，這只是理所當然。」

葉山只是默默地聽我說話，絲毫沒有回嘴的意思。看到他把自己當成受氣包，我更是火大。

「我這個人就是獨來獨往，既然碰到非解決不可的問題，又只有我有辦法解決，我當然會幫你思考解決辦法啊！」

在我的世界裡，僅存在我一個人。發生在我眼前的事情，也只有我牽涉其中。

「所以周遭的人怎麼樣，跟我一點關係都沒有。發生在我眼前的事，永遠都是我個人的事。不要給我自作主張，跑進來瞎攪和。」

這個世界是由我的主觀構成。

若是因為我自己做的選擇而導致失敗，我不會有所怨言；可是，一旦那樣的結果被其他人搶走，便是完全兩碼子事。

那是以「拯救」之名，行「篡奪」之實。

我瞪著葉山，葉山也回瞪過來。

接著，他鬆開自己在下意識之間緊握的雙拳，無力地垂下視線。

「你……你拯救其他人，不正是因為希望其他人也來拯救你？」

聽到這句話，我終於恍然大悟——

葉山到底還是什麼也不懂。

按照他的說法，我至今對別人做的一切，背後都是以利己為出發點。

即使比企谷八幡真的如此——

我也無法坐視他把這種想法加諸別人的身上。

不論是我還是她，從來沒抱持過這種想法，

「才不是……」

我已經連瞪都懶得瞪他。

那些半冷不熱的溫柔與同情，我根本不放在眼裡；徒具形式的灑狗血騙眼淚青春戲碼，只讓我想衝去朝垃圾桶大吐特吐。

只要上演的是青春戲碼，註定有人得當敗者。因此，我在某天成為勝者的可能性並非不存在。到了那個時候，出現在我面前的葉山也可能落為敗者。

這即為所謂的「零和遊戲」。有人從中得到好處的話，相對地也有人蒙受等量的損失，如此而已。青春的謳歌者，同樣會因為一個閃失被扭轉立場。

可是，你們仍然為了逞一時的快感，用高高在上的態度給別人貼標籤。

麻煩你們住手，不要再可憐我、同情我。那種安逸的環境只會讓人鬆懈。

我一把抓起書包。

「少在那邊自以為是地為我同情可憐。真不舒服。隨便貼標籤只是徒增我的困擾。」

拋下這句話後，我轉身步下樓梯。

我用快於平常的步伐離開咖啡店，一路走回車站附近。儘管後面沒有人在追趕，我的腳怎麼也無法停下。

我就這麼來到腳踏車停放處。

夜空浮現點點星光。

好幾輛腳踏車禁不住強風吹襲，像倒下的骨牌橫躺在地面。不幸被壓在最底下的，正是我的腳踏車。我只好彎下腰，把上面的車一輛一輛拉起。

「……開什麼玩笑。」

連我自己也想問，這句話是說給誰聽的？

我不容許別人稱自己的做法是自我犧牲。

我僅用極少數的牌達到效率極大化，發揮最大的價值，何來犧牲之有？這是最不堪的屈辱，對拚命努力生存的人之嚴重冒瀆。

誰想為了你們犧牲自己？少在那邊自以為是。

即使不化作形體，不用言語表達——

我依然抱持堅定的信念。

這恐怕是我跟某人唯一共通，而且早已失去的信念。

6 於是，由比濱結衣如此宣言

對我來說，無所事事地度過週末固然不是什麼新鮮事，這兩天的糜爛程度還是連自己都快看不下去。

我蒙頭睡得昏天黑地，直到中午才慢吞吞地起床吃飯，接著倒到沙發上打發時間，等待周公的輕柔召喚。下次睜開眼睛時，白天已經變成黃昏。吃完晚餐後，繼續渾渾噩噩地打發時間，等待睡意再次襲來，帶走我的意識。

將以上流程重複兩次，我的這個週末便告終。

口中一直有種苦澀的摩擦感，彷彿黏在口腔上沖不掉的藥粉。

到了星期一，這種感覺不但沒有退去，我的心情還更加鬱悶。

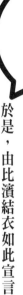

騎車上學的途中，天空烏雲密布，迎面吹來的風寒冷刺骨，踏板也重得要命。

到達學校後，我拖著沉重的腳步走進校舍。從縫隙灌進來的風不斷消磨我的耐性。

好在進入有人的教室後，多少暖和了一些。

儘管如此，這個空間的氣氛仍然比往常陰沉。我的直覺告訴我，這絕不只是天氣的因素。班上依舊是那些面孔，位置也沒有改變，但就是少了幾分吵嚷。

最主要的原因，在於班級的核心人物今天特別消沉。

從教室後方傳來的談話聲不若往常。

特別聒噪的戶部也識相地壓低音量。

「隼人，今天的社團打算怎麼樣？」

「嗯……稍微提早開始吧。」

葉山的說話聲沒有什麼不同，只是開口的次數明顯降低。這股氣氛自然而然地使周遭受到影響。

「對喔，上週五你們的社團暫停練習。」

大岡隨口提起，大和點頭附和。他們同樣是共用大操場的運動型社團，所以對彼此的動向都很清楚。

偏偏大岡哪壺不開提哪壺，三浦聽見其中一個字眼，喃喃地開口：

「星期五……」

她一副心不在焉的模樣，有如在睡夢中囈語。海老名察覺情況不妙，連忙雙手往書桌一拍，激動地站起來。

「糟、糟糕了，優美子！『星期五』跟『今天』念起來太像（註27），害我分不出誰是攻誰是受了！」

「星期五……」

結果，這次換由比濱喃喃低語。

「好——結衣妳贊成星期五是攻沒錯吧！戶部你呢？」

海老名突然對戶部拋出問題，害他一下不知如何反應。

「咦？等等，星期五哪裡……啊！」

好在他靈機一動，想到接話的方法，激動地從座位上站起，連椅子都被撞倒。

「當、當然是今天囉！除了今天還有誰會那麼積極？」

「就、就是說嘛！我，我也這麼認為！」

戶部跟海老名硬是拉著大岡跟大和興奮地擊掌。

「耶——」

「呀呼——」

他們擊完掌，全累得氣喘吁吁。但葉山仍然只是輕輕地微笑，三浦與由比濱依然繼續嘆氣。

……他們的努力真教人欽佩。

不過，他們也不得不那麼做。

註27「星期五」之日文發音為kin-you-bi（金曜日），「今天」之日文發音為kyou（今日）。

再怎麼說，那正是他們希望維持的關係。

×　×　×

第一、第二節課，我只是靜靜地聽老師講課。

第三節課也安然度過，緊接著是第四節課。

再撐一下，便能迎接午休時間。但教室內的氣氛恐怕會跟早上一樣。反正我一向不在教室吃午餐，所以對我沒什麼影響。不過，當一個在全校出了名地吵吵鬧鬧的班級突然安靜下來，其他班級會怎麼想？

其實，說不定大家根本沒注意到。以今天上午的課程來說，教師們似乎沒察覺什麼異狀。

第四節課是現代文。

上課鐘響後，平塚老師走進教室。她環視所有人一圈，疑惑地開口。

「嗯……你們今天好像特別安分……無妨，開始上課吧。」

不愧是平塚老師，對自己的班級再瞭解不過。

她要大家翻開課本，開始念課文、寫板書。

我用一隻手托著臉頰，另一手翻開課本。

我的視線在課本、黑板、筆記本之間規律地依序移動。然而，映入眼簾的文字只像一串串沒有意義的符號，通通無法連接成訊息，傳入我的大腦。

課程就這麼繼續下去。

今天的自己一直是這副德行。

得不出答案的問題不斷在腦中打轉。

剪不斷理還亂的思緒盤踞我的心神。

當時的折本看見那兩個人，心裡產生什麼想法？

當時是不是做了對不起仲町的事？

之後遇到一色，她又會對自己問些什麼？而且，差不多得為她的委託想辦法了。

……對喔，差點忘記。還得去跟巡學姐報告處理的情形。

安慰三浦的工作應該可以交給海老名，戶部最好也幫一些忙。說不定這會成為拉近他們兩人距離的好機會。

如果之前記得買些Chococro（註28）回去給小町就好了。她到現在依然不肯跟我說話。

還有，陽乃那個人究竟在想什麼？我實在無法理解那對姐妹的關係。直到現在，我絲毫不覺得自己接近了她們一點。

葉山也少了平時的活力，但是從還能擠出笑容這點來說，已經很不簡單。搞不好他其實沒受什麼影響。那我也只有佩服的份。要是這一切不過是自己的一頭熱，

註28 巧克力可頌麵包。日本連鎖咖啡店ST-MARC CAFE之熱門商品。

真想狠揍自我意識過剩的自己幾拳。

以及最重要的一點——她們現在又是怎麼想的？

在我滿腦子胡思亂想之際，抄寫板書的手停了下來。

我意識到這一點，倏地抬頭，正好跟台上的老師對上視線。

「比企谷。」

「啊，是。」

我猛然回神，連忙回應。接著，老師深深嘆一口氣。

「等一下來一趟辦公室。」

她說完這句話，便走下講台離開教室。

那上課怎麼辦……我納悶地看看四周，發現大家早已把課本跟筆記本收乾淨，拿出各自的便當，三三兩兩地挪動課桌。

原來在我發呆的那段時間，下課鈴聲已經響完。

於是我也把桌面收乾淨，站起身體。

午休時間要找平塚老師的話，最好早一點過去把事情辦完，免得到時候沒時間吃午餐。

我快步來到走廊，看見平塚老師緩緩地走在前面，於是我追上去，跟老師一同前往教職員辦公室。

雖然以兩人的距離而言，大可直接這麼對話，但老師什麼也沒說，只是用背影告訴我「跟過來就對了」。

來到教職員辦公室後，老師總算出聲。

「我們坐裡面。」

她指的是辦公室內一角的會客區。

會客區是用隔板特別隔出的空間，內有玻璃桌跟皮革製的黑色沙發。過去我也被叫去那裡訓話過。

「你坐那邊。」

我聽從指示坐上沙發。

平塚老師坐到對面沙發偏右的位置，亦即我的斜前方。

她點燃一根香菸。

我稍微把桌上的玻璃菸灰缸推過去，老師「嗯」地點點頭。

她抽兩、三口菸，彈掉菸灰。

「你今天上課都心不在焉呢。」

「是……不過，那些內容我還可以理解。」

平塚老師聽了，顯得不太高興。

「你每次考試都考那麼高分，我也無話可說。」

她不甘願地吐一口煙，沉默一會兒才進入正題。

「……今天早上，雪之下來找過我。」

既然特地把我叫來這裡，想必是什麼重要的事。我伸直背脊，豎起耳朵聆聽。

平塚老師又彈幾下香菸上的灰。

「她決定參選學生會長的人選了。」

「是誰？」

「就是她自己。」

她在第一時間馬上回答。

聽到這個答案，我的內心掀起一陣騷動。

雪之下要參選學生會長——

我忍不住想問：「為什麼？」她自己說過不喜歡出現在眾人的面前，之前校慶期間，大家拱她出任執行委員會的主委，她也是說什麼都不肯點頭。還有最重要的一點——她已經是侍奉社的社長。

難道她被陽乃的挑釁刺激？她們姐妹間的心結不可能輕易消失，戰火仍然在持續延燒。

我思考到一半，平塚老師繼續補充。

「助選演說的人選，好像是葉山。」

「是喔……」

葉山嗎……

他的確是助選演說的不二人選。但前提是兩個人要有足夠的默契。我從來不知道葉山跟雪之下之間發生過什麼事，但是從他們平常的行為觀察，便覺得雪之下的決定有違她的理念。

照時間推算，雪之下大概是在週末下定決心參選，然後聯絡葉山，取得對方幫忙助選演說的承諾。儘管無從得知動機和意圖為何，她的行動的確非常迅速。唯有這一點很像雪之下的作風。

平塚老師捻熄香菸，把頭抬起。

「比企谷，你打算怎麼做？」

「什麼也不會做。那是他們的方式，我沒有妨礙的資格。」

再說，按照常理思考，由雪之下擔任學生會長的話，我們便不用四處尋覓其他參選人。儘管很不甘願，這無疑是最完善的做法，我找不到一絲破綻。

更讓人不甘願的是，我竟然能輕易想像雪之下成為學生會長的情景。

我下意識地咬緊牙根。

「……只看資質的話，她也非常適合。」

我甚至想問，為什麼自己先前沒想到這個方法。在不知不覺中，我便很自然地排除這個可能性。

自己明明很清楚，那樣的光景、那樣的日子，隨時會被種種要因輕易瓦解。

老師聽了我的低語，點一下頭。

「嗯……的確沒有比她更適合的人選。老師跟大家知道的話，絕對會非常支持。」

沒錯。不光是老師們，巡學姐想必也能放下心來。只要大家知道這個消息，情勢便大致底定，連投票的步驟都可省去。

這時，我突然注意到一件事。

「老師，您還沒有跟別人說嗎？」

「嗯。」

平塚老師帶著微笑應聲，點燃新的香菸深吸一口，大大吐出煙霧後，指著我問道：

「那麼，我再問一次。你打算怎麼做？」

在重新思考之前，我的身體便產生抗拒反應。

我無法認同雪之下參選的做法。

既然如此，現在再提出什麼樣的理由，都不過是先射箭再畫靶。然而，那樣的理由早晚會出現。我明白雪之下的做法是錯的。到頭來，她仍舊選擇把一切攬在自己身上的話，豈不是跟校慶當時沒什麼兩樣？

當時我便否定過她的做法。

那麼，這次大可做出相同的結論。

「……老師，請問您有社辦的鑰匙嗎？」

老師張開手對我揮幾下。

「跟之前一樣，雪之下中午都會拿去用。」

也就是說，雪之下很可能還在社辦吃午餐。

一旦正式登記參選學生會長，之後便沒有反悔的餘地。不論要不要阻止她，最好早一點把話講清楚。

我站起身，平塚老師望向窗外，吐出一口煙。

「雖然目前的侍奉社改為自由參加，她還是每天固定來報到。」

「這樣嗎……我先離開了。」

我向老師行禮，老師沒看過來，只是舉起一隻手示意。香菸的煙霧依然故我，繼續緩緩往上攀升。

我快步離開辦公室，直接前往侍奉社社辦。

特別大樓的樓梯跟走廊上幾乎沒有人影，使這裡顯得特別淒涼。但由於我走得很快，所以對溫度不感到在意。

抵達社辦後，我立刻開門。

雪之下跟由比濱坐在裡面，一起吃著各自的午餐。

由比濱見我突然出現，愣愣地盯著我看，雪之下則是用連日不變的冰冷視線看著我，什麼話也不說。

「雪之下，妳真的打算自己參選學生會長？」

「……對。」

雪之下簡短地回答，接著垂下視線。

「咦？」

由比濱聽了，訝異地睜大雙眼。

「妳沒聽說？」

「嗯，嗯……」

她縮起肩膀，低頭說道。雪之下滿臉歉疚地看向她。

「……我正想跟妳討論這件事。」

可是，雪之下說這句話時，又把視線移開。

「既然妳早已決定，還叫什麼討論？」

這是雪之下獨自決定，獨自採取的行動。或許她真的正打算說出口，也或許她更早以前便打算說出口——至於是否真的能說出口，則是另一個問題。

「……因為妳姐姐說的那些話？」

之前發生的事閃過腦海，我如此問道。雪之下看著別處回答：

「這是我的個人意志，跟姐姐沒關係。我不會把那種人說的話當真。」

實際上究竟如何，我無從得知。我瞭解雪之下姐妹的程度，不足以讓我觸及她們的關係。然而，我實在不認為這件事會讓雪之下的回答有所改變。

所以，我必須轉向其他主題。

「妳原本不是要擁立葉山？」

「他已經是足球社的社長。而且也沒有其他適合的人選了吧？」

雪之下盯著放在桌上的雙手回答。一旁的由比濱戰戰兢兢地開口：

「可是，小雪乃妳也是社長……」

雪之下見她小心翼翼地挑選辭彙，不敢把話說得太直接，抬起頭對她微笑。

「不用擔心我。侍奉社沒有足球社那麼忙碌，再加上我大致瞭解學生會的工作流程，所以不會造成太大的負擔才是。」

儘管她這麼安慰由比濱，實際上又是如何？

能夠兼顧學生會和社團活動的人，絕對不是沒有。若論雪之下的能力，她應該也做得到。然而，我們也從之前校慶跟運動會的經驗得知，仍有太多不實際做一次便無法瞭解的情況。

我能體會雪之下無法擁立葉山參選的理由。葉山帶領的足球社堪稱運動型社團的代表，絕對不可能在平日的練習中缺席。這意味著他將無法參加學生會的活動。這也是我從一開始便不考慮葉山的原因。

話雖如此，這也不構成必須由雪之下參選的理由。

「沒有其他可能的人選了嗎？」

「最先否定這個想法的不正是你？」

雪之下想也不想，直接用冷淡的語調回答。

在極為有限的時間內覓得有資質的人，說服對方參選學生會長，並且幫助他贏得勝利是非常艱難的任務——我承認當初說這句話的人，就是我自己。

想不到腦筋只在指責別人時動得特別快的毛病，竟然在這種地方反過來幫倒忙。我只好搔搔自己的頭。

「所以由妳出來選嗎？」

這是我唯一想得到的話，所以語氣不小心衝了一點。由比濱嚇得肩膀抖了一下。

雪之下則維持冷靜──不，是用比平常更冰冷的聲音開始滔滔不絕。

「從客觀的角度思考，由我參選是最妥善的做法。即便對手是一色同學，我也有相當的把握贏得選舉。由我自己處理的話，便不需配合其他人的步調。再加上學生會的其他幹部也很有心，我相信這次不會像先前的活動，一定能順利又有效率地運作……而且，我並不介意擔任學生會長。」

雪之下說到這裡，稍微吐一口氣。

她低垂著臉，如同不想再跟我對話。她的臉上摻雜悲傷與悲壯的決心。

有效率，是嗎……

我無法對這個字眼置若罔聞。講求效率的人不是只有她。像我便知道某個傢伙，同樣以「效率」做為行動的理由。

正因為如此，單純論效率的話，還有其他方法。

「或許真如妳所說。但其實也有不用投票解決的方法。」

雪之下聞言，將頭抬起。

「你是說你的方法？」

她再度對我露出熟悉的銳利眼神。

不過事到如今，我也無意讓步。我同樣直視她的雙眼。

「對。」

我不對自己的方法抱持絕對的把握。可是，我敢說這是在自己拿到的牌中最有勝算，效率也最高的打法。

我早已把牌攤給她看。

雪之下嘆一口氣，短暫別開視線。

隨後，她用近乎敵意的眼神瞪過來，對我施加壓力。

「你以為自己有多了不起，單憑態度跟言行舉止便讓全校的學生有所行動？我不認為那樣有辦法解決問題。」

她點到我的痛處。

雪之下所言非常正確。我也很清楚自己沒那麼大的影響力，如果是委員會之類的小型組織，倒還可以掀起一些波瀾。

然而，我既沒有知名度也沒有人望，存在感比一般學生還不如，而且永無翻身之日。這樣的一個人對不特定多數發表言論，能產生多少影響力？老實說，我真的不知道。縱使大家都討厭我，也不見得對我有什麼印象。我從來不認為自己能在別人的記憶中，占有一段完整的片段。另外，學生們也可能把我跟一色完全劃分開來。

但這些都不是問題。只要重新審視前提條件，得到超越預期的成果即可。

「沒差，大不了站在這個前提上思考方法。」

覺得卑賤、狡詐不足以成事的話，還可以加上惡意跟害人之心。聚集厭惡和憎恨的方式，要多少有多少。

討厭一個人不需什麼理由。只要讓人覺得生氣、覺得不舒服、覺得不耐煩便相當充分。

想到這裡，我的嘴角不自覺地扭曲，浮現狡詐的笑容。我面帶這樣的笑容看向雪之下。

她緊抿嘴脣，別開視線。

「……以為所有人都在意你、討厭你的話，只是你的自我意識過剩。」

再多的邏輯論述，都比不上這句話直搗我的要害。

被困在迷宮內，名為「自我意識」的怪物，似乎又躲藏到更深處。

我完全無法反駁。

對話至此中斷，社辦為沉默籠罩，唯有外面的北風吹得窗戶喀噠作響。也因為風吹的關係，室內溫度降得更低。

「……我們的做法截然不同。」

雪之下垂著頭，緊握的拳頭和纖細的肩膀因寒冷而微微抖動。她輕聲吐露的這句話，是我們的唯一共識。

「的確……」

我們的做法的確完全不同。雪之下走的是王道，我走的是邪道。兩者沒有是非對錯之分，純粹是心懷之志沒有交集。這個隔閡正是我們此刻的距離。

被夾在其間的由比濱不發一語，靜靜地聽我們交談。我看得出她一直在動腦思考，最後浮現放空心神的表情，喃喃說道：

「原來……小雪乃，要參選啊……」

除了由比濱，再也沒有任何人出聲。

我感覺時間的流逝逐漸緩慢沉重，雪之下看過來一眼。

「還有什麼事嗎？」

「……沒有，只是想確認一下。」

我也不知道自己想確認什麼。這次不同於上次否定雪之下做法的情況，所以我無法隨隨便便否定。儘管雪之下親自參選的做法稱不上最理想，我也不得不承認是次理想的選擇。

「……是嗎。」

雪之下夾雜著嘆息回答後，開始收拾還有一大半沒吃的便當盒。

我也轉身離開社辦。

背後的社辦再也沒有任何聲響，我反手關上大門。

現在的步伐遠遠比不上來社辦時的速度。走著走著，我看見走廊的另一端出現葉山的身影。他同樣注意到我，輕輕舉起一隻手。

「你也來了嗎？」

虧他還有辦法開口跟我說話。幾天前才見他發洩過感情，現在卻一副什麼也沒發生的模樣。我實在無法理解他究竟如何轉換心情。還是說，這個人擁有跟陽乃相似的特質？

「……」

我沒有心情多說什麼，只是用眼神問他「你怎麼會來這裡」。葉山聳聳肩，回答：

「她們找我來討論事情。」

「喔。」

我應了一聲，隨即通過他的身旁。

兩人交錯而過時，葉山對我說：

「我要跟雪之下同學搭檔……你打算怎麼做？」

「……什麼都不做。」

我拋下這句話，頭也不回地繼續走自己的路。過沒多久，背後傳來嘆息的聲音。

真要說的話，我或許不是「什麼都不做」，而是「什麼都做不到」。

我找不出反駁雪之下的方法。她說的話比我還正確。

更何況，我不知道自己該不該反對。

因為我沒有反對的理由。

雪之下一旦登記參選，將立刻成為條件最好的候選人。屆時，她大可直接宣布當選。而且除了她本身的能力，還有葉山在旁助陣。

我放空腦袋，任憑雙腿抬著自己移動。回到教室後，才想起自己忘記吃午餐。

× × ×

由於沒吃午餐，下午的上課內容完全是左耳進右耳出——我甚至懷疑是不是連左耳都沒進去。

課堂上，我呆呆地望著前方。一旦不小心轉過頭，會立刻看到由比濱跟葉山，弄得自己又開始胡思亂想。

我放棄聽課，也放棄東想西想，只是托著臉頰，不斷重複打盹和裝睡的過程。

第五、第六堂課就這麼結束，好不容易熬到放學前的班會課。

今天誰也阻止不了我飛奔回家。

導師宣布完所有事情，大家各自解散。

放學後的喧囂聲彷彿由另一個世界傳來。我專心一意地收拾好書包，從座位上起身。

踏上走廊，準備走向大樓門口時，忽然被後面的人叫住。

「等、等我一下——」

我回過頭，看見由比濱慌慌張張地跑來，然後喘著氣慢慢說道：

「要不要……一起回去？」

「我要騎車回去，而且我們走的方向不同。」

我不帶任何感情，用合情合理的理由拒絕她，接著不再開口。然而，由比濱並未就此罷休。

「嗯。不然……到那裡就好。」

由比濱隨便指一個方向。

她的表情也明白告訴我「不會輕易讓步」。

好吧，往由比濱家的方向走也頂多繞一點路，到時候還是可以回家。反正現在直接回家也沒有什麼事好做。

更何況，我多少猜得出她想說什麼。這一點我也相同。

「……我去牽腳踏車，妳先在那邊等。」

我指向側門口，然後自己先往前走。

「啊，我也一起去。」

結果，由比濱跟了上來。

「不，不用。」

我制止她，快步走向腳踏車停放處。現在校內還有很多人，跟由比濱一起走去牽腳踏車，簡直是在玩大冒險。再說，由比濱那麼引人注目，她平時不騎腳踏車上下學，突然出現在腳踏車停放處，只會更使人起疑。加上她在男生中很受歡迎，被大家看到的話，絕對不是什麼好事。

我迅速解開腳踏車鎖，牽車走向側門口。

由比濱乖乖地聽從指示，站在那裡等我。她一看見我，立刻高舉起手。喂，不是跟妳說過那樣太引人注目了嗎？

「走吧。」我牽車走到由比濱的身旁，對她催促。由比濱點點頭，開始往前走。

我還記得她的家在哪裡。

沒記錯的話，是在從車站步行幾分鐘即可抵達的住宅區一角。從那個地方到學校的最快方式是公車和腳踏車，她家附近可能有公車站，所以平常都搭公車上學。

我們走緊鄰學校的公園旁邊的道路前往車站。

公園內樹木的葉子皆已落盡，沒有小孩子在裡面遊玩。

這條路上稀疏點綴著放學的學生，我們也混雜在其中。

我默默地牽腳踏車前行，由比濱也緊閉著嘴脣。

兩個人都在尋找適當的發話時機。

在尷尬的沉默中，我們轉進沿著住宅曲折的路。離開大樓的陰影後，西斜的陽光立刻灑下來。

寒冷的北風在薄紗般的陽光下吹送，我不禁縮起身體。

這時，由比濱忽然開口。

「小雪乃，決定參選了呢。」

「嗯。」

此刻我們的心頭都被這件事盤踞。雪之下決定參選學生會長，卻連由比濱也不說一聲。她究竟是怎麼想的，我們又應該怎麼做？

由比濱想必是要跟我討論這個問題。

然而，接下來聽到的話，大大地出乎我的意料。

「……我決定了。我也想試試看。」

「啥？」

我一時無法會意，轉頭對她問道。

由比濱緊抿嘴唇，神情嚴肅地盯著自己的腳邊。於是，我根據她先前說的話仔細推敲文意。

她說的「也想試試看」，是指也想跟雪之下一樣投入學生會的選舉。她不是在開玩笑。

「妳為什麼……」

我不認為由比濱會對學生會長一職有興趣。說得明白些，她不適合坐在那種位子上。

由比濱踢開腳邊的石頭。那顆石頭在地面彈跳一下，滾進路旁的排水溝。

「我這個人啊，什麼都沒有。沒有能力，也沒有做得到的事——所以反過來說，參選學生會長好像變成一種可能。」

由比濱說完後抬起頭，為自己這段正經八百的話露出害羞的笑容。

她見我隔了半晌說不出話，臉上的笑容逐漸消失。這時，我才好不容易說出字句。

「什麼反過來說……不要擅自做決定。」

「我沒有。」

由比濱停下腳步，看向地面，使我無法看清表情。可是，她的語氣很強烈，如同對我責備。我第一次聽到由比濱發出這種聲音。

「擅自做決定的，明明是你們。」

她的聲音不算大，我卻感受得到靜靜燃燒的慍火。

我確實沒資格禁止別人擅自決定。畢業旅行時的委託，正是由我擅自決定的方式解決。這次雪之下決定參選也是如此。我們所做的判斷，毫無疑問都是以自我為中心。

儘管如此，這不夠成為由比濱也參選的理由。

「妳有沒有想清楚？」

由比濱依然看著地面，點點頭，吞吞吐吐地回答：

「我想過了。想得很清楚，覺得這是唯一的方法……」

她沒戴手套的手用力握緊背包的背帶。

「這一次，我們都會努力。因為我發現，之前每次都是倚賴你解決問題。」

「我什麼都沒有做。」

「是嗎……」

她泛起透明的笑容，稍微把頭偏向一邊。

「沒錯，所以妳不需要努力。」

我能說的只有這些。

平心而論，至少我從來沒做過什麼好事，更別提值得稱讚誇獎的事。正因為如此，我才老是賣弄對自己有利的道理。

所以，由比濱根本不必為此在意。

「不只這樣喔。」

由比濱望向遠處的學校方向。

「小雪乃選上後，一定會為了這個學校，專心在學生會的工作，成為比過去每一屆厲害的學生會長……然後，我們的社團大概會因此消失吧。」

「侍奉社怎麼會隨隨便便消失？」

我無意欺騙她。我真的認為侍奉社會繼續存在。

然而，由比濱輕輕地搖頭，算不上長的頭髮隨之飄動，反射夕陽的光芒。

「當然會消失。你不是也知道，小雪乃在校慶跟運動會的時候，都很專心在那邊的工作上。」

「……」

這點我也非常清楚。每當任何大型活動的相關委託找上門來，我們總得把全部的心力投注其上。

雪之下能負荷的工作量固然高於常人許多，但終究有其限度。擔任學生會長的人說穿了，一年到頭都有忙不完的工作，如果雪之下真的坐上那個位置，恐怕很難分神兼顧原本的侍奉社。

想著想著，由比濱忽然超前我一步。

「我呢——」

她揚起裙襬轉過來，把手背到後面，停下腳步。

接著，她筆直地看著我。

「——我很喜歡，這個社團。」

因為喜歡，她努力用貧乏的字彙傳達想守護這個社團的心情。

「真的，非常喜歡……」

由比濱又強調一次，眼角微微泛起淚光。

看到這一幕，我不禁啞然失聲。

這種時候，究竟該說什麼才好？湧現腦海的淨是不適合當前情境的感想，我遲遲開不了口。

由比濱見我過了半天不答腔，才驚覺到什麼，趕緊用袖子抹去眼角的淚水，然

後勉強擠出笑容。

「沒、沒有啦～換我當學生會長的話，只要隨便處理一下那邊的事，便能繼續參加侍奉社吧。反正我這個人就是這樣，大家也不會有太多的期待——」

「不，即使如此——」

我正要開口，立刻被由比濱制止。

她踏近一步，把手放上我的胸口，輕輕搖頭，示意我什麼都別說。

她的臉幾乎貼著我的鼻尖，但因為面向地面，使我看不出臉上的表情。我無法跟她保持距離，就這麼被釘在原處。

這時，由比濱緩緩將頭抬起。

「……所以，我要贏過小雪乃。」

她眼眶中的淚水早已不再，取而代之的是充滿堅定意志的眼神。

我要開口喚由比濱的名字時，她先主動抽離身體，跟我拉開一步的距離。

接著，她稍微瞄一下四周，重新背好背包，慌慌張張地說：

「我……我到這裡就好！那麼再、再見囉！」

「喔，喔……嗯，再見。」

我看著由比濱快步離去的背影簡短回應。她似乎聽到最後的這句話，回頭看我一眼。

「拜拜——」

她輕輕揮手，再次道別。

在斜陽的照耀下，我目送面帶微笑、位在無法企及之處的由比濱遠去。剛才被她觸碰的地方，發出難耐的絞痛。

我輕輕舉手道別，牽著腳踏車轉向來時路。

回到大馬路後，我跨上腳踏車，踩動踏板。

一路上，我不斷思考：由比濱為了守護侍奉社，守護自己的容身之處，決定參選學生會長。如果有誰有機會贏過雪之下，那個人可能正是由比濱。她位於校園階級的頂層，存在感跟橫向連結都比雪之下有優勢，說不定能瓜分葉山的部分票倉，原本應該會支持葉山的三浦集團，動向也轉趨不明朗。最重要的一點在於，由比濱結衣是很出色的女孩。由她擔任學生會長，大家都不會覺得有什麼奇怪。

雪之下雪乃與由比濱結衣——

最後勝出的人，很可能就在這兩人之中。而且不論是誰落敗，一色伊呂波都能保住面子。

我再也想不到更理想的方法。

一色的委託可以就此獲得解決。

然而，這樣一來，侍奉社絕對會走向消失一途。

雖然剛才由比濱那麼說，她還是會認真做好學生會長的工作。即便她最初想兼顧兩邊，總有一天會撐到極限。

別看由比濱那個樣子，她其實是個認真、懂得照顧人的人。她一定會成為其他學生會幹部仰慕的會長。她將無法辜負那些人的期待，一肩扛起會長的職責。到時候，侍奉社只會離她越來越遠。

所以我說這個社團將走向消失一途。

或許「侍奉社」的招牌跟社辦會留下，社團的內涵將面目全非。

在好一陣子之前，我便察覺到這一點。而且不只我，她們也一樣。

如果雪之下跟由比濱充分瞭解這一點，仍然做出這樣的決定，便沒有我置喙的餘地。我沒資格以個人的傷感為由，影響她們的決定。

但是——

但是，儘管如此——

把這種工作交給其他人，還是讓我很痛苦。

看著她們為了守護自己珍惜的事物，最後選擇放手，我的心便痛苦不已。

我明明很清楚，沒有犧牲，便沒有青春——

我明明大言不慚地說過，自己沒有付出犧牲，所以不需要同情跟憐憫——

為什麼如此矛盾？

向晚的天空逐漸渲染上夜色，寒風刺痛我的手指。當我回過神時，自己拚命踩著踏板的雙腿，早已停了下來。

7 不用說也知道，這正是比企谷小町的溫柔所在

隨著十一月進入尾聲，夜晚變得冷得要命。

說是這麼說，由於我一路拚命踩著腳踏車回家，抵達家門時已是汗流浹背。

我氣喘吁吁地進入屋內。

首要任務是直接進浴室，脫掉身上的制服，好好沖個熱水澡。

在高溫洗澡水的刺激下，冰冷的身體發出陣陣刺痛。

但是不論沖洗再久，仍舊覺得提不起精神。我最後索性放棄，關掉水龍頭。

我瞅著鏡中不斷滴水的自己——你還是老樣子，掛著一對死魚眼。

走出浴室，擦乾身體後，我回房間穿衣服。

步上二樓的客廳，只見家貓小雪蜷臥在沙發的墊子上打盹。

緩解疲憊的最好方式，莫過於尋求小動物的治癒。先前踩腳踏車踩得太激烈，

腿部累積過多乳酸，整個人累到快癱掉。

於是我坐上沙發，抓起小雪把牠翻面、拉長、彈彈耳朵、捏捏肉球，再把臉埋進牠的肚子。天啊，潮快樂der～

小雪飽受我的玩弄，滿臉不爽地看過來，像是在說「你在搞什麼……」哇，我家的貓超討厭我，太有趣了。

「哈哈哈……唉……」

不知不覺中，我的笑聲變成嘆息。

「抱歉啦。」

我摸一把小雪以示歉意，牠還是把臉甩開，跳下沙發，走到客廳門口，跳起來靈巧地抓住門把打開門，離開客廳。喂，記得把門關好！你是想冷死我嗎？

小雪把我一個人丟在客廳。

對平時的我而言，這是一段能悠閒度過的寶貴時間。

然而，在此刻的無聲空間中，我的腦袋不斷想著相同的事。

學生會長選舉的問題，早已在腦內重複不知多少次。

如果雪之下或由比濱其中一人當選學生會長，可能發生什麼問題？侍奉社將從此消失。其實我個人並不介意，畢竟這是無可避免的結果。侍奉社一定會消失，只是時間早晚的問題。即使現在我們相安無事，什麼都沒發生，大家畢業之後，侍奉社一樣得畫下句點。

那麼，還有什麼問題？既然侍奉社一開始便註定要消失，還有什麼好擔心的？

不，等等。為什麼我這麼執著於找出問題？

執著於找出問題這個問題本身便是一個問題……我又不是在寫《太空戰士13》的劇本，為什麼要自找麻煩把單純的事弄得這麼複雜？

不論我認真思考或者不認真思考，都得不到答案。

我仰頭看向天花板，深深嘆一口氣。

既然連問題在哪裡都不知道，怎麼可能得出答案？

也就是說，目前缺乏構成前提條件的「理由」。

我沒有驅使自己採取行動的理由，沒有把問題視為問題的理由。

沒有充當起因的理由，問題自然不成問題。

關於一色的委託，幾乎已經底定由雪之下跟由比濱參選學生會長解決。她們的做法的確比較可行。

所以，再來沒有我出場的份。

所以，我再也不需跟一色站在同一邊，跟她們對立。

話雖如此，心中的焦躁並未退去，彷彿在問我「這樣下去真的沒問題嗎？是不是該做些什麼？」每當這個時候，我總會被自己駁倒，面臨新的問題，然後再被駁倒，如此反覆循環。

自己的這種性格真麻煩。腦筋動得很快，卻只做得了半套，這種行為實在不可取。

但是一直以來，我都是用這種方式勉強解決問題。畢竟我沒有可以商討問題的對象，即使有，我恐怕也不會真的找對方討論。

人只能從伸手可及，可以支撐的範圍尋求依靠。

一旦超出這個範圍，依靠的人也會跟著倒下。我舉一個簡單的例子：你不可能為交情不深的朋友成為他的借款連帶保證人。

依此思考，我可以求助的人相當有限。

我沒辦法成為別人的支柱，自然沒辦法請別人提供依靠。

要是連對方都倒下，我便糟蹋了對方願意協助的善意，以及願意依靠的信任。

獨行俠的人生守則是「絕對不造成麻煩」，堅持不成為別人的負擔。我可以自豪地說，我可以靠自己的力量克服十之八九的障礙。

因此，我從來不依靠任何人，也不受任何人的依靠。

唯一的例外是家人。

唯有家人容許我百般依賴，我也不吝於接受他們的依賴。

面對家人的時候，我可以把善意、信任、可能或不可能等問題拋到一邊，大方地對他們伸出手，毫無顧忌地靠到他們身上。

雖然老爸真的有點雜碎，老媽喜歡大呼小叫外加碎碎念，我這個人遊手好閒，只知道當個米蟲，還有老妹可愛歸可愛，卻喜歡打鬼主意，但是又思慮不周——

在「家人」這層關係內，不需任何理由。

「因為我們是一家人」即為最大的理由。

當然了，這也可能成為無法原諒或憎恨的理由。

現在能夠讓我依靠的人——

想必就是家裡的某個人。

老爸或老媽嗎？不，我不認為跟他們談這件事有什麼幫助。這兩老真沒用，除了養我、愛我，偶爾罵我之外便沒有其他用處。與其擔心我這個兒子，不如先擔心自己的身體，還有老了以後要怎麼辦行不行？一定要給我長命百歲啊！

說到父母親，他們今天八成也要很晚才回來。社畜真命苦……這時，客廳門「嘰」的一聲開啟。

又是家裡的那隻貓嗎？我轉過頭，發現不是小雪，是身著尺寸略大運動衫的小町。

小町大概是念書念到一個段落，下樓找喝的東西。她無視我的存在，自顧自地打開冰箱，看了一會兒，找不到什麼想喝的飲料，又把冰箱關上。

她下樓似乎只是為了找飲料，於是轉身準備離開。這時，我對她的背影喊道：

「小町。」

「……嗯？」

小町把頭轉過來，側眼看著我。她還在生氣……或許我不應該挑現在跟她說話。但自己都已經開口，又告訴小町「沒事」的話，她一定會更生氣……

「嗯……要不要喝咖啡？」

我張口思索一番，好不容易想到解套的方式。小町聽了，微微點頭。

「……好。」

「……知道了。」

我爬起身，走進廚房取來熱水壺裝水，開始加熱。等待水燒開的期間，我準備好兩人用馬克杯以及即溶咖啡。

小町站在廚房檯面前，托著臉頰靜靜等待。

沒有人開口說話。

水燒開後，我把水注入馬克杯，香氣立刻伴隨白色煙霧竄升。我將握把朝向小町，把杯子遞給她。

「喏。」

「嗯。」

小町接過杯子，便走出廚房。看來她打算拿回房間喝。

那般行為很明顯是在說「在我氣消之前別跟我說話」，但我還是厚著臉皮對她出聲。

「我說，小町……」

「……」

小町在門口停下，維持看著前方的視線，默默等我說下去。

拖到現在才說出這件事，不知道小町聽了會做何反應──我懷著不安開口。

「……有件事，想跟妳談。」

「嗯，說吧。」

想不到小町當場應允，把身體靠上牆壁。

時隔一個星期再度看到彼此的面容，我們不約而同露出久違的笑容。

接著，小町收起笑容，輕咳一聲。

「可是在那之前，是不是該先說什麼？」

有道理。我跟小町直到前一刻都還在冷戰，現在突然提出這種要求，臉皮未免也太厚。我搔搔頭，思索自己該說的話。

「……前幾天，是我的表達方式不好。」

小町聽了，不悅地鼓起臉頰。

「不是只有表達方式不好吧？哥哥的態度也有問題。還有個性，跟眼睛。」

「妳說的對……」

我完全無法反駁。小町接著又說：

「反正一定又是哥哥闖了什麼禍。」

「完全正確。」

我毫無招架之力，但小町不就此罷休。

「而且還沒向小町道歉。」

「嗯……的確。」

仔細想想，剛才的那句話還真的算不上道歉。

我正要開口再次好好道歉時，小町輕嘆一口氣，嘴角浮現「真受不了你」的微笑。

「不過，哥哥就是這個樣子，對小町來說已經夠了。作妹妹的決定原諒哥哥。」

「謝謝妳啊……」

一開始惹妳生氣是我不好，但妳的姿態是否太高了點？是否？我的不滿明顯表現在臉上，倒不如說我就是要讓小町知道自己的不滿。

小町不可能不知道這一點，她稍微撇開視線，用力清清喉嚨。

「還有……小町也要說對不起。」

她誇張地把腰彎成九十度，對我低頭道歉。我忍不住苦笑起來。

「哎～別放在心上。作哥哥的當然會原諒妹妹。」

「哇～～姿態也太高了吧～～」

我們不約而同地笑起來，慢慢喝起各自的咖啡。雖然這杯咖啡沒加牛奶、沒加砂糖、也沒加煉乳，滋味仍然很美妙。

小町把杯子放到桌上，開口：

「那麼，哥哥有什麼事要談？」

「說來話長喔。」

「……沒關係。」

她一口答應，走向沙發，坐到我的身旁。

× × ×

我從畢業旅行的始末，到最近的學生會選舉，一五一十地交代清楚。

小町去廚房泡好第二杯咖啡，端到沙發前的桌上。

「喔……的確很像哥哥會做的事。」

這是她聽完後，發出的第一個感想。

「不過，小町是因為跟哥哥相處這麼長的時間，才有辦法理解。」

我也拿起自己的杯子。小町在咖啡裡加入較多牛奶跟砂糖，味道調得剛剛好。

她輕輕坐回我旁邊，喝一口咖啡，把頭抬起。

「小町可以笑過哥哥是笨蛋就算了，可以認為這個人真的沒有救，所以……又覺得有點難過。」

小町把腳放到沙發上，雙手環抱大腿。

「可是，其他人不會這麼想。她們完全不懂為什麼，只覺得很痛苦。」

我不求其他人的理解。或許正是因為這樣，才會被說自我滿足吧。事實上，我那麼做不是為了任何人，自然不可能得到諒解或同感。

小町是唯一的例外。可是，她也露出些許悲傷的笑容。

「哥哥對小町很好，但這是因為小町是妹妹對吧。如果小町不是哥哥的妹妹，哥哥恐怕根本不會接近小町。」

「這個嘛……」

我試著思考一下。

如果小町不是妹妹……天啊，這是哪來的超高性能無敵美少女！我只看得到自己當場衝去求婚然後被拒絕之後難過得自行了斷的未來，所以千萬不能接近她……夠了，這只是我想太多。光是小町不是自己的妹妹，我便無法想像。不過，我還是不認為那樣的我們有機會認識。這並非小町怎樣或妹妹怎樣的問題，而是我根本沒有足夠的社交能力。

小町就是小町，現在假設她不是自己的妹妹沒有任何意義。

「不管那個假設怎麼樣，我很高興有妳這個妹妹。這句話是幫我自己加分用。」

「哥，哥哥……」

小町捂住臉頰掩飾快奪眶而出的淚水，還特別哽咽幾聲做為大放送。可惜大放送的時間太短暫，下一刻，她已經恢復什麼也沒發生的表情，無情地說道：

「嗯——如果哥哥不是小町的哥哥，小町才不會放在眼裡，也不可能接近吧。」

……等一下，難道妳的氣還沒消？不要對自己的家人使用言語暴力可以嗎？

「等等，先別那麼說。雖然我這個樣子，其實也有不為人知的優點吧？」

「才沒有～哥哥這種人最討厭了，而且難搞得要命。」

有必要說到這個地步嗎？看妳說得那麼認真，哥哥的心都碎了……

這個傢伙真是一點也不可愛……

心中的酸楚讓我忍不住想咂舌。這時，小町又倏地轉為笑容，把身體湊過來。

「不過，都相處了十五年，小町早已對哥哥產生感情，知道哥哥就是這樣的人——啊，這句話是幫自己加分用。」

是嗎……我怎麼覺得前半段的話好像在大大扣分？

但說也奇怪，我意外地認同這句話。

「……也是啦。如果能一起相處十五年。」

從過去累積到現在的時間，確實有其分量。我是指為了讓自己對不可愛的妹妹產生覺得可愛的念頭。

肩膀忽然變得沉重。我轉過頭，看見小町整個身體挨過來，把頭靠在我的肩上。

「從現在開始的十五年……不，也可能花上更長的時間。」

她說的是一種可能。我跟小町花了十五年，將彼此的關係建立至此。如果我用這個方式同樣花一段漫長的時間跟某人建立關係，說不定也能發展得如此順利。

只不過，對現在的我而言，這種可能缺乏現實感。

「少說那種沒營養的話。」

「小町聽了這麼多年沒營養的話，可不是白聽喔。」

我要小町別再幻想，結果她也不甘示弱地回敬，還伸出手指戳一下我的臉頰。

「現在才開始也還是有機會！知不知道！」

「喔，是……」

小町聽到我乖乖回答，才滿意地頷首，移開戳著我臉頰的手指。接著，她用有點落寞的表情開口：

「……不只是哥哥，這也關係到小町的將來。小町很喜歡雪乃姐姐跟結衣姐姐，所以不希望那個社團消失。要是社團消失了，總覺得大家的感情會越來越淡。」

每天見得到面，不一定代表感情好；但是要好的同伴不再時常見面的話，感情一定會逐漸淡化。人類的情感無法用比例或反比例簡單解釋清楚。

小町繼續靠著我的肩膀，用撒嬌的聲音要求：

「所以，為了小町跟小町的朋友，能不能做些什麼？」

「……既然是妹妹的請求，也沒辦法囉。」

只要是為了妹妹，即使上山下海也在所不辭。我這個哥哥真是太出色了。

這是小町為我找到的答案。

若不是她今天說的這句話，我八成無法產生動力。

其實，我一直尋找著理由。

說服自己守護那個場所，那段時間的理由。

我嘟噥著承諾小町。她發出「嘿嘿～」的笑聲，用平板的語調說：

「對啊～都是為了小町～真沒辦法～誰教小町這麼任性～」

「真的啦。」

我胡亂地摸幾把小町的頭，小町跟著尖叫，配合我的手把頭晃來晃去。

「謝啦。」

「不用客氣～」

小町一臉得意地接受我的道謝。我這時放開她的頭，看一眼時鐘。

「已經這麼晚，差不多該睡覺啦。」

「嗯。那麼，晚安。」

「晚安。」

小町站起身，回去自己的房間。

我看著她離去，之後又靠回沙發上。

現在已經有明確的問題跟理由。

但我仍不瞭解雪之下的真意，所以現在無法說什麼。

此外，雖然理解由比濱的做法，我還是不能接受。因為那跟我的做法太相似。

我過去的做法絕對不是犧牲，也絕對沒有錯。

用最少的牌追求最高的效率，發揮最大的價值，並且確實得到結果——

從我的主觀角度來看，這可以說是完美的做法。

然而，一旦出現客觀角度，這種完美的做法將瞬間崩毀。

在憐憫或同情自己的人們眼中，我的做法宛如陳腐的自我陶醉。憐憫和同情等於貶低對方，自我憐憫等於瞧不起自己。兩者皆為醜陋的行為，必須受到唾棄。

不過，在憐憫和同情之外，可能存在其他的客觀性。

直到親眼目睹，我才初次意識到這一點。

她純粹不希望我再受傷——

這種感情不同於憐憫或同情。

因此，我絕對不會說她的做法是犧牲，也容不得任何人這麼說。

為了不讓雪之下雪乃和由比濱結衣成為學生會長——

比企谷八幡能夠怎麼做？

× × ×

與小町和好的隔天。

我一早便開始思考自己做得到的事。

想了老半天，總覺得好像沒有一件能做的事。我真的嚇到了。咦，奇怪～～昨天晚上明明覺得自己什麼都做得到啊……

仔細想想，以現在的處境而言，我本來就沒有多少選擇。

假設我為了跟她們抗衡，決定也參選學生會長。然後呢？我根本湊不到連署人數的門檻，連登記的資格都沒有。

再假設我去干擾她們的競選活動，一個人難道產生得了什麼影響？何況散發黑函跟發表仇恨言論都不是正確的方式。我的目的並非抹黑或貶損她們。

我只想得到兩種做法，而且其中一個還是干擾對手……自己能做的事實在少得嚇死人。

學生會選舉比的是人數，占多數的一方可獲得絕對的勝利。這種活動未免跟我的調性太不合。

不過，這也是我自找的。我沒有可以請求幫忙的對象，過去又疏於建立讓對方容許自己找麻煩的關係。

過去的自己使現在的自己受苦，讓未來的自己受苦的，恐怕正是現在的自己。

來到學校後，我不斷動腦思考。但無論怎麼想，就是想不到可行的方法。虧我好不容易有了行動的目的……

午休過後，仍然沒有好消息。今天是星期二，投票日是下個星期四，時間已經所剩無幾。

雖然說還有一個星期以上，但是可用戰力只有我自己。而且不要忘記，我還沒想到任何足以跟雪之下她們抗衡的方式。

既要避免一色真的當選，又不能讓雪之下跟由比濱當選學生會長，即使擁有通天本領，我也不覺得能達成這個任務。

唯一可能的辦法是另外找一個人參選。不過，光是我自己便先打回票。

還是說，讓選舉再次延期，或乾脆廢掉學生會選舉這個機制？

但我根本想不到該怎麼做，完全束手無策。

然而，我也不能因此而什麼也不做。

我決定前往圖書館，尋找一個人可以做的事。

午休時間的圖書館很清閒。

這裡禁止飲食，又跟教室有一段距離，所以大家不太會在中午過來。只有到了段考前夕，這裡才會湧現人潮。

我掃視一個個的書架，尋找可能記載公民、總武高中的歷史，以及學生會選舉概要等資料的書籍。

想在選舉中贏過雪之下和由比濱的話，我方勢必也得端出能相抗衡的政見和演說。如果能在找資料的過程靈光一閃，想到什麼好點子，是我的運氣夠好；要是被我發現什麼漏洞，更是可遇不可求。

然而，我在不同的書架間來來回回，抽出任何發現可能有用的書籍，最後通通希望落空。

我伸長手臂搆住最上層的書架時，一本書滑了下來。

「哇！」

我反射性地把頭閃開，但沉甸甸的書還是直擊胸部。我不禁發出一聲悶哼，使口水不慎流入氣管，嗆得我連連咳嗽。

事情尚未結束。那本厚實的書掉下來後，隔壁的書失去支撐，跟著「啪」地傾倒，撞到再隔壁的書。一整排輕薄的書像骨牌般接連倒下，掉到地面。

原本安靜的圖書館內，頓時充滿我的咳嗽聲，與一堆書掉落的聲音，為數不多的學生紛紛投來白眼。好好好，我瞭解你們的心情。畢竟我自己在圖書館內遇到這種製造噪音的白痴時，也會投以相同眼神。

我只能勉強抑制咳嗽，盡快把書排回去。

腳邊凌亂地躺著好幾本書，架上的書也倒了下來。

哎～～哎～～受不了，這是要我怎麼辦啊～～

我用鼻子大大地吐一口氣，蹲下去撿起書本。這時，背後響起某人刺耳的笑聲。

「哇哈哈！你看看你，真是悽慘啊！」

我根本不用回頭，便知道站在後面的人是材木座義輝。

「說什麼傻話？我平常就是這麼悽慘。找我有什麼事？」

「蠢問題。我午休時間大多會在這裡。今天在這裡遇見你，便打算來找你玩！」

可惡，真是快被這個人煩死氣死。才跟他講兩句話，便覺得身體快虛脫。我不只蜷曲著身體，連肩膀都無力地垂下。

材木座注意到我的反應，忽然蹲下來看著我。

「……嗯？八幡，你怎麼了……該不會有什麼煩惱？」

「……沒有，只是一點小事。」

這種事沒什麼好跟外人說。但材木座不死心，扶正眼鏡說道：

「說說看吧。」

「不用了。這不是什麼好說出去的事。」

「拜託～你想想自己聽我說過多少廢話，現在換我聽你說些廢話，過分嗎？呵。對弱者伸出援手的我，真是超級帥氣。」

他又陶醉在自己的世界。還說什麼弱者……你該不會是畢生願望為照顧生病的虛弱女孩那種類型吧？我多少有點理解。

好吧，先不管材木座打什麼主意，我著實沒料到他會說這種話。想到這裡，我的嘴角便忍不住上揚。

「……帥氣的只有前半部。說吧，那句話是抄誰的？」

材木座得意地笑起來。

「我自己。」

「白痴。別再說那種話了，亂帥氣一把的。」

我對他感到既佩服又無奈。

話說回來，材木座嗎……雖然直到前一分鐘，我完全忘記他的存在，這個人說不定值得倚賴。

的確有希望……

沒錯。再怎麼帶給材木座麻煩都不會心痛，我也無需擔心他會不會受到傷害，因為他本身即為最大的致命傷。他是一個無可救藥的活生生案例。就某方面而言，材木座是最接近我的人類。

這個人一點也不可靠，但我可以信任他不論氣氛是好是壞，通通都能搞砸的存在感。而且不要忘記，他是我永遠的體育課搭檔。雖然我們兩人湊在一起，也是無可救藥的組合。

「……材木座，我有事要拜託你。」

「咳嗯，好啊。你要我做什麼？」

材木座想也不想便答應，讓我吃了一驚。老實說，我還沒想到要他做什麼。

「嗯……首先，幫我把這裡收乾淨。」

「喔，喔……早知道就不要答應你了……」

材木座八成期待什麼超帥氣的發展，卻聽到這種要求。他馬上恢復原樣，一邊嘀咕一邊乖乖地開始整理書架。

抱歉啦，實在不忍心告訴你，事情絕不可能往你喜歡的方向發展。結果恐怕只會慘不忍睹。其實不用想便很明顯，我註定要跟材木座一起行動。

× × ×

我先跟材木座簡略地說明學生會選舉一事，關於具體行動，則留待放學之後。

整個下午的課堂時間，我都用來思考如何妥善運用現狀，以及材木座這顆棋子。可是，不知該說遺憾還是不意外，這顆棋子似乎發揮不了多大的用處。我跟他究竟能夠怎麼做……

到了放學時間，我依然沒想出任何辦法。但我已經跟材木座講好要見面，總不能自己爽約。我的個性也真差勁，明明是自己拜託對方，後來又開始嫌麻煩。

班會課結束後，同學紛紛離開教室，準備參加社團活動、回家，或出去遊玩。大家前往的地方各不相同。

其中一群人留在座位上不動，她們有的是金色頭髮，有的是棕色頭髮，有的是黑色頭髮。五顏六色的組合自然引人注意。

由比濱搔著略帶粉紅色的棕色頭髮發出沉吟，一副傷腦筋的模樣。

「唔唔唔唔唔～～」

她手上的自動鉛筆完全沒動過。

坐在隔壁，拉著金色長捲髮把玩的三浦突然發聲：

「啊！開放穿便服上學怎麼樣？」

「好主意！」

由比濱興奮地朝三浦一指，急忙將這個點子寫到紙上。但是很快地，她的手又停了下來，繼續沉吟。

對面的海老名用手梳著黑色短髮，提議：

「嗯……還有取消個人物品檢查如何？學校動不動便檢查我們帶什麼東西，真的很討厭耶～有時候我會忘記把跟朋友借的同人誌拿出來。」

「只有妳有那個問題吧？」

三浦一吐槽，海老名立刻「嘿嘿～」地笑起來。

「嗯～～總之，先寫上去吧。」

「不用寫啦。對了，我還想要到屋頂上吃午餐。」

「這個我也收下了！」

她們聚在一起腦力激盪，構思參選學生會長的政見。葉山集團大概去社團活動，所以不在場。不過，他已經答應接下雪之下的助選演說，也不可能再幫助由比濱。

三浦在前幾天目睹葉山跟折本等人出遊後，內心很明顯出現動搖，她最近老是陷入恍神狀態。但是當葉山不在時，她倒也跟平常一樣生龍活虎，沒有特別放在心上的樣子。

「還有公車太擠，超煩。」

三浦用手指纏繞頭髮，換盤起另一隻腳……我錯了，她似乎變得比平常霸道。

「那算學生會的工作嗎……算了，先寫再說。」

由比濱用筆搔搔腦袋猶豫一會兒，還是決定寫下提議。接著，海老名又想到什麼，拍一下手。

「啊，希望美術教室可以添購繪圖板。」

「『繪圖板』……雖然不知道是什麼，先寫上去！」

我在遠處觀望一陣子，隨後也站起身。

……看來由比濱真的打算參選。那的確是她的作風。

× × ×

我來到車站附近的薩莉亞，看見材木座已先抵達。這種時候便覺得選他真是選對了，不需特地在店內東張西望，即可立刻找到他。我走到材木座的桌前，拉開椅子入座。

「抱歉，讓你久等了。」

材木座揮揮手，告訴我別放在心上。我這才發現他的嘴巴在動，餐桌上又有空盤子，看來他已經先自己點餐來吃。從盤子的大小跟殘留的粉末推測，材木座點的應該是佛卡夏。咦，旁邊還有一顆開封的糖漿球。淋上糖漿的佛卡夏嗎……好像很好吃的樣子。

我想起自己今天沒吃午餐，於是取來菜單，決定也點些什麼。這時我又想到，即使跟材木座商量，也不太可能立刻產生什麼好想法，我們很可能在這裡耗上很久。既然如此，乾脆連晚餐也一併解決。

我拿出手機，撥電話給小町。聽筒內傳來的不是傳統響鈴，而是沒聽過的歌曲。為什麼每次打電話給她，都會聽到這首歌……在我納悶之時，小町接起電話。

『喂喂～』

「今天我不回家吃飯。」

『為什麼？』

「有點事情找材木座……跟他討論一下。」

『喔……你們在哪裡吃？』

「學校附近的薩莉亞。」

『知道了！』

「嗯。」

我們的通話不到三十秒便結束。用最少的話便能交換這麼多訊息，真是方便。

在一旁看著的材木座飲盡杯中可樂，幹勁十足地說道：

「好，八幡，我們開始吧！雖然不知道要開始什麼。」

不知道要做什麼還那麼有幹勁……我完全感覺不到可靠，只覺得滿滿的不安。

「先讓我吃點東西吧。我肚子餓了。」

「唔嗯。有句話說餓著肚子不能怎麼樣的。你儘管吃吧。」

「謝謝啦。」

我隨即按下服務鈴。身為一個專業的薩莉亞愛好者，點餐這種小事根本不需猶豫。菜單上的固定班底早已深深記在腦海，只要看看有沒有新菜色或季節限定的商品，然後利用店員來之前的時間排列組合，做出決定即可。

店員來的時候，我早已想好今天要點什麼。

「米蘭風焗飯跟燒烤拼盤，外加飲料吧。」

店員熟練地按著掌上點餐機，材木座不太好意思地舉起手。

「啊，還要辣味雞翅……跟牛肉薑黃飯。」

你還有點餓是嗎……好吧，我沒有意見。反正這裡的辣味雞翅很好吃。

× × ×

經過一個小時左右的用餐時間，我們吃飽喝足，接下來總算要進入正題。我喝一口咖啡，對材木座說：

「先前已經說明過選舉的事了吧。」

「嗯。你的目的是不讓那兩個人當選，沒有錯吧？」

材木座裝模作樣地點頭，接著陷入沉思。

「嗯……可是啊……」

「怎麼樣？」

「為什麼不能讓她們當選？」

他不解地問道。這是理所當然的問題，任誰聽完我的說明都會想問。事實上，反對雪之下或由比濱當學生會長的人應該不多——倒不如說大部分的人覺得誰當會長都無所謂。

我是基於個人的理由，不希望她們成為學生會長。但我不想老實說出這個理由，也不認為自己能解釋清楚。

於是，我反問材木座：

「如果她們當選，你覺得學校會變得如何？」

「唔嗯，恐怕會變成對我不友善的世界……」

他的額頭上冒出汗水。

「就是這樣。」

坦白說，我不認為雪之下或由比濱當選學生會長，將帶給學校什麼重大變化。高中學生會的權力不足以從根本改變學校。我不過是用詭辯唬弄材木座。儘管他不太可能真的接受這個說法，現在我也只能這麼做。

「那麼，關於具體行動——」

正要進入主題時，我的手機忽然發出震動。搞什麼，又是亞馬遜寄信過來嗎？

不對，是小町來電。我稍微舉手，用眼神對材木座說抱歉，接起電話。

「喂？」

「喔，找到了找到了。」

這一次，小町的聲音不是來自聽筒，而是我的後方。

我轉過頭，發現穿著制服的小町。

「……妳怎麼來了？」

「小町聽說哥哥有事情要談……就決定來湊熱鬧了！」

來湊什麼熱鬧？我又沒有約妳——我正要開口抱怨時，小町的背後冒出意想不到的人物。

「啊，是不是打擾到你們了？」

對方穿著熟悉的運動衫，背著網球拍袋，侷促不安地杵在原處。他有些不知如何是好，泛起嬌羞的笑容。這一幕簡直比牆上的天使圖畫更像天使。

「戶、戶戶戶……」

戶戶戶……是戶塚！糟糕，我竟然震驚到連話都說不出來！

竟然在這種地方遇到戶塚，我簡直快被嚇傻。難道命中註定的戀情即將展開？可是看到小町在場，便覺得八成是她的安排。看來這只是一場偽戀，所以大可放心。我還可以放心地創造自己的鋼彈戰鬥吧！

戶塚見我半天沒有反應，擔心地看過來。我趕緊開口，消除他的不安。

「不會不會，這哪裡打擾了！不管怎麼樣，快點坐下來吧！」

我迅速清空放在隔壁座位上的東西，為戶塚拉開椅子。這樣一來，便能名正言順地讓戶塚坐到旁邊。難道我是天才不成？

「還有，你要不要吃些什麼？」

我展現最佳的紳士風度，對牆上的天使圖畫問道。哎呀，糟糕糟糕！兩邊都是天使，害我不小心搞錯了！話說回來，為什麼薩莉亞裡面要掛天使的圖畫？

「啊，那麼……」

戶塚沒起疑心，自然地坐上我騰出的座位。接著，材木座發出「唔嗯」的聲音送上菜單。看來他也緊張到無法好好說話。想不到我跟材木座的默契挺好的。

「這道義大利麵嗎……啊，可是裡面有蒜。嗯……」

戶塚開始研究菜單。這種時候我絕對不會搶著幫他按服務鈴。別急別急，慢慢挑慢慢選～想要義大利麵還是一大把槍儘管吩咐～

我利用這段時間溜到小町身旁，在她的耳邊低聲詢問：

「喂，這到底是怎麼回事？」

「哥哥正為了小町努力，小町當然也要好好加油囉。」

喔喔，妳的確幹得很好！我準備摸小町的頭，她卻輕巧地退到後面，得意地挺起胸脯。

「所以，小町找了很多願意幫忙的人！鏘鏘——」

小町伸手比向她口中的豪華陣容。

那個人是川……穿衣服？還是穿鞋子？算了，總之叫做川什麼的就是。想不到小町知道她的聯絡方式，我連她的名字都記不起來呢。

那位叫川什麼的人手插口袋，一臉不悅地噘嘴盯著我。

「我為什麼也得來……」

她低聲抱怨，但是一跟我對上視線，立刻咬住舌頭把臉撇開。哎呀～真是抱歉啊，妳那麼討厭我，還被我的妹妹硬拉過來～

這位叫川什麼的人出現在此並不會太奇怪。她跟我念同一所學校，同樣擁有投票權，所以不能說跟這次的選舉全無關係。

可是，另一個人總完全無關了吧？

「那麼，為什麼連那玩意兒也來了？」

我詢問小町，跟這場聚會無關的那玩意兒便自動大聲回答：

「我不是那玩意兒！我是川崎大志！」

所以問你來這裡做什麼……喔，我懂了。你是來告訴我那位川什麼的人叫做川崎對吧？真是謝謝你啊～

小町笑著搔搔頭，否定我的猜測。

「哎呀～畢竟連小町都不知道沙希姐姐的聯絡方式——」

「喔，原來如此。」

這樣我就明白了。

「好啦，現在既然找到人，那玩意兒應該沒用了吧。」

「我不是那玩意兒！我是川崎大志！」

大志不氣餒，再次提醒我自己的名字。如果你的姐姐也願意勤快地提醒，我便不會忘記她的名字吧——想到這裡，川崎惡狠狠地瞪過來。

「你說他沒有用？」

「啊，嗯，有用有用……」

主要是協助思考、談判、穩定妳的感情……所以不要再用那麼銳利的眼神看我好嗎？

「總之，大家先坐下吧。」

小町幫忙打圓場，從隔壁的餐桌搬來椅子，請川崎跟大志坐到內側座位，自己則坐在我的隔壁。小町真不簡單，能自然而然地成為現場的跑腿小妹。

她彙整所有人要吃的東西，跟店員點好餐，再為大家送上飲料後，清清喉嚨宣布：

「那麼，阻止雪乃姐姐跟結衣姐姐跳槽大作戰，現在正式開始——」

戶塚跟大志拍手附和，材木座也「嗯」地頷首。

戶塚跟川崎似乎已經知道事情始末，沒特別提出什麼問題。不愧是小町，辦事果然周到。不過川崎還是托著臉頰，別著頭提出另一個問題。

「把我找來這裡有什麼意義？」

「這也是屬於總武高中的事，希望沙希姐姐務必成為我們的助力——」

小町露出可愛的笑容抬舉川崎，但是不要再搓手好嗎？而且很可惜，川崎的態度並未就此改變。這招似乎對她無效。

「是嗎……可我不覺得自己幫得到什麼忙。」

「不。只要能提供一些意見，就算是幫了我們大忙。」

川崎聽到我開口，稍微瞥過來一眼，接著又很快看回去。

「……我的意見又沒有用。」

以這次的情況而言，她的意見確實有參考價值。

我在校園內長期位於最邊陲地帶，早已習慣用最底層的眼光看待事物。我看待雪之下跟由比濱時，也難免自己先設下立場。這種時候，由跟她們保持一定距離的人提供意見，較能維持公正。所以我們需要她做為判斷標準。

我要這麼說明時，店員正好送上料理。

我原本打算等店員離去再說明，可是經過這段空白時間，便覺得錯過開口的機會。於是，我決定直接告訴她結論。

「對我來說很有用。」

川崎聽了，眨眨眼睛。

「是，是嗎……那我，無所謂……」

她把喝光的冰紅茶杯子拉到面前，別過臉開始用吸管吸，不斷發出「嘶嘶嘶」的聲音。看來她很疲憊。

勉強川崎幫忙解決這檔麻煩事，我也感到過意不去。

「抱歉。」

川崎放開杯子，再度托起臉頰。

她看著我思考半晌，才開口：

「沒關係。你還是……適合在那個社團。」

「啥？為什麼？」

我絲毫不覺得自己適合在那個社團。我厭惡侍奉，厭惡工作，厭惡勞動，厭惡一切的相關字眼和概念。

「沒，沒為什麼。只是覺得最近的你有點反常。」

不愧是同為獨行俠的人，果然具備一雙慧眼。觀察人類正是獨行俠的嗜好。

最近有點反常，是嗎……

但真要說反常的話，我現在做的事情才叫反常。我竟然沒死心，打算讓侍奉社維持下去。不管怎麼想，都不像自己的作風。

然而，其他人似乎不這麼認為。小町「呵呵呵」地對我笑道：

「哥哥果然得做無謂的掙扎才行。」

啊啊，這句話真中肯。

即使耗盡行動能力，用盡所有招式，依然不肯放棄，不顧自己受的傷害。既然扭轉不了敗北的命運，多少要還以對方一點顏色，讓他心生厭惡。

這正是我的作風。

那麼，就用符合我作風的方式一決勝負吧。

首先，要從身邊人物的成功事蹟吸收經驗。

我把頭轉向小町。她擔任國中學生會的幹部，代表有投入選舉和當選的經驗。

「小町，妳當初是怎麼選上的？」

小町稍微思考，不太有把握地說：

「嗯——小町那次是信任投票，可能對這次的選舉沒有幫助。」

「沒關係，提供一些選舉的策略也好。」

「知道了。小町想想看……對了，在選舉開始之前，平時便宣傳自己要參選。這樣的話，便不容易產生其他對手。」

「有道理……」

雖然這跟「先下手為強」的道理不太相同，率先發出宣言後，其他有意願的人自然會被牽制而開始猶豫。不愧是我的妹妹，真會耍小聰明。

我用眼神示意小町繼續說。小町盤起雙手沉吟。

「另外……男生在這種時候比較有利。但僅限於受歡迎跟有人望的男生。」

「我瞭解。畢竟男生不太可能把票投給女生。到國中階段為止，校園內可能存在這股風氣。」

「嗯……這也是原因之一。」

小町說得有點模糊，還露出曖昧的笑容。

「不然還有什麼原因？」

經我一問，她豎起食指說道：

「在女生群裡面，有一半的人可能是自己的敵人。」

喔、喔喔……小町竟然在不知不覺間躋身堂堂女性的社會。哥哥雖然很高興看到妹妹的成長，但又覺得有點難過……

坐在對面的大志也有點嚇到，低下頭喃喃自語。

「好黑暗……比企谷同學好黑暗……」

「不准那樣說別人的妹妹。」

真要說的話，你的姐姐更黑。例如內褲。

不論如何，小町的確提供了可以參考的部分。

「善加利用女生間的對立是吧……」

「二虎競食之計！」

材木座忽然有所反應。戶塚聽了，疑惑地詢問：

「可是那樣的話，雪之下同學跟由比濱同學會吵起來吧？」

「有道理……而且周圍的人可能被捲進去，擴大戰爭範圍，甚至冷戰好一段時間……」

小町幽幽地補充。等一下，妳只是舉例對不對？應該不是親身經驗吧？我不禁為她擔心起來。

不過，小町的擔憂不無道理。三浦便很可能加入戰局，然後被雪之下加倍奉還，哭得一把鼻涕一把眼淚……即使不提三浦，最好還是避免留下火種。讓她們受到無謂傷害的方式，沒有一談的價值。

眾人繼續集思廣益。材木座跟大志先後舉手。

「不然，空城計！」

「能不能找到其他願意參選的人？」

大志真不簡單，完全無視材木座，而且即使自己無關學生會選舉，也不吝提出意見。他說不定是個人才。只不過，雪之下她們也考慮過這個方案，而且被我反對。

「我們已經想過這個辦法。但學校裡找不到其他贏得過她們的人。」

能夠贏過她們的人恐怕只有葉山。但葉山已經投入雪之下的陣營，葉山集團內的女生則投入由比濱的陣營，其他再有誰參選，也只有淪為砲灰的命運。

大志繼續提議。

「啊，一個人的話或許贏不了，但如果有很多人參選呢？」

「喔喔！參選人大軍！」

小町興奮地拍一下大腿。

廣立參選人嗎……那樣的確可以瓜分雪之下跟由比濱的得票。但如果問可不可行，我想還是否定的。既然規則是最高票者當選，最後恐怕還是形成兩人相爭的局面。

讓兩人對立跟人海戰術都不可行的話，只能改從其他方向思考。

「贏過雪之下跟由比濱的方法……」

我喃喃低語，一直靜靜聽到現在的川崎首次開口：

「你們愛用什麼方法都好。但如果雪之下跟由比濱不當會長，誰要接那個位子？」

「……啊。」

天啊，我竟然把一色忘得一乾二淨。

「你喔……」

川崎受不了地嘆一口氣，連我也不知該說什麼。

不讓雪之下跟由比濱當選，意味著要讓一色成為學生會長。不妙，只有她們參選的情況下，會長一定會從這三人之中產生。這下真的將軍了。

我搔搔頭，把一色列入考慮，重新構思方案。這時，耳邊傳來某人聒噪的聲音。

「唔嗯，事到如今只剩背水之陣……」

我抬起頭，跟那個人對上視線。

「材木座……」

「唔嗯。」

見材木座滿意地頷首，我不禁失笑。你這個人喔……

「多謝你的諸多提議，我很感謝你的心意。不過很抱歉，雖然很不想這麼說，你從剛剛開始就煩得要命。」

「嗚咳！」

材木座驚訝地整個人快翻過去。沒辦法，看你一直模仿《三國志》真的很煩……但是，材木座是再怎麼被踐踏依然會爬起的男人。他如同被父親耳提面命「要像麥子一樣」的中岡元（註29），迅速挺直背脊。

「咳嗯咳嗯！正是因為你要求獻策，我才發揮軍略、計謀、兵法的長才！」

他輕推眼鏡看過來。

「也是啦，雖然你想的東西完全不一樣。」

「給我住口——別忘了你贏過她們的機會幾乎是零喔！使用戰略已經沒有勝算，所以必須升高到戰術層級。」

總覺得他說得一副理所當然……

戶塚聽了，也疑惑地歪起頭。

「嗯……戰略跟戰術不同嗎？」

註29 出自漫畫《赤足小子》。故事中的主角中岡元從小被父親教育「要像麥子一樣，在酷寒的冬天抽出綠芽，即使不斷被踩踏也要挺直背桿，結出果實。」

「咦？嗯……嗯，差別在哪裡，你們自己去查字典！」

材木座用氣勢蒙混過去，重新看向我。

「跟她們正面對決的做法，本身就是錯誤。」

「是，是沒錯……」

儘管不甘心，我無法否定這句話。雪之下跟由比濱不是我贏得了的對象。這是一場贏不了的戰鬥——說得更正確些，我根本沒有戰鬥的能力。雙方戰力落差太懸殊，我甚至沒資格踏上戰場。

糟糕，情況比我所想像更不樂觀。

我搔一下頭，一旁的小町對我說：

「哥哥。」

「嗯？」

「中二哥哥說的沒錯。」

「是啊，妹妹。這點哥哥也明白……」

我用哄小孩的方式騙小町「好好好，讓哥哥想一下喔～不好意思喔～」把她打發掉。

孫子留給後世「不戰而勝」的極致典範。如果我也成為孫子，說不定真的能領略什麼道理。趕快催眠自己看看。我是孫子，我是孫子，我孫子……我孫子市？這難道在告訴我，當千葉縣內存在這個市的時候，便已不戰而勝？果然千葉是最強的！

我很明顯是用腦過度而開始錯亂。這時，小町拉拉我的袖子。

「小町並不是希望哥哥贏得選舉喔。」

「啊？可是不贏得選舉的話──」

不贏得選舉的話，便得由雪之下或由比濱當學生會長。

「得了吧。他又還沒登記參選，是要怎麼贏？」

川崎嘆一口氣，宛如在說「怎麼這麼笨」。完全正確……沒錯，我根本沒登記參選。

「啊哈哈，因為八幡是不受規則束縛的人嘛……」

戶塚尷尬地笑著幫我緩頰。這個人真是太善良了。既然他都這麼說，我是不是也可以不受民法第四篇第二章（註30）規定的束縛？

我自行療癒到一半，身體忽然被小町一把拉過去。

「小町希望的是雪乃姐姐跟結衣姐姐都留在侍奉社。說得簡單些，學生會選舉其實怎樣都沒關係。」

「喔，喔……但那樣的話，一色就……」

現在我已經接下委託，當然沒有反悔不幹的道理。更何況雪之下、由比濱、平塚老師，到巡學姐都不可能同意。

註30　日本民法之本章為對婚姻之規範。

小町見我猶疑不定，筆直地看過來。
「哥哥認為最重要的人，是那位叫一色的學姐嗎？」
「怎麼可能。」
「那麼，哥哥還猶豫什麼？」
「但委託就是委託……」
語畢，小町用雙手夾住我的臉。
「工作跟小町，哪一個比較重要？」
「當然是妳啊，我一點也不想工作。」
我揮開她的手，傾注對妹妹的愛意堂堂正正地回答。
「用消去法啊……」
戶塚對我們的對話大開眼界，泛起複雜的笑容。啊，如果換成戶塚，我一定無條件回答戶塚。
小町尚未完全解除盯我的眼神，但至少她的嘴角浮現笑意。
「雖然完全不值得高興……好吧，算了。所以哥哥打算怎麼做？」
「我知道妳想說什麼。可是，我也不會勉強一色當學生會長。」
這才是真正的犧牲。我不允許這種行為發生。即便有什麼理由，也只是我自己的理由，跟一色毫無關聯。任何人都沒有權力勉強別人，強迫對方犧牲。
「……嗯，小町知道了。誰教哥哥就是這樣呢。」

小町有點落寞地垂下視線，接著無奈地笑笑。

「嗯，八幡果然是八幡。」

戶塚跟著露出笑容。

「喔——」

川崎略顯驚訝，隨即饒富興致地微笑。但是我一看過去，她馬上別開視線，咬起杯中的吸管。後來，她瞥回來一眼問道：

「你愛怎麼樣都無所謂……所以，要怎麼做？」

「讓我思考一下。」

我靜靜閉上雙眼。

這次的最優先事項是完成小町的願望，亦即讓雪之下跟由比濱留在侍奉社。因此，一色伊呂波成為學生會長的唯一人選。覓得其他候選人的機率微乎其微，故直接不予考慮。

接著，這次還附帶一項條件——不讓任何人受到傷害。

那麼，剩下什麼問題沒解決？

唯一的問題——一色本人的意思。

既然如此，只能從扭轉一色的意思著手。

換句話說，將一色不想當學生會長的理由一一擊破即可。

得出這個結論，我睜開眼睛。

「簡單說來，我們從第一步便搞錯方向……」

不只是我，雪之下跟由比濱也搞錯。

「所以，只能想辦法跟一色溝通囉。」

「對方願意溝通的話當然最好……但她可是女生喔，真的可能好好聽你說話嗎？」

材木座兀自低語。雖然理由有點奇怪，但他的擔心大致上很有道理，讓我無法反駁。坐在他隔壁的大志也點點頭，好奇地詢問：

「那位一色學姐是什麼樣的人？」

「這個嘛……」

一色伊呂波給人溫溫和和的印象，但那是她刻意營造出來的。她面對葉山時的態度，跟面對我或戶部這些不屑一顧的人的態度截然不同。

這種感覺很難用言語表達。硬要說的話，大概像這樣：

「想像一下既不可愛又不討人喜歡的小町，便八九不離十。」

「啊，那很糟糕呢。」

大志忍不住說道。

「哥哥，請問這是什麼意思？」

小町的笑容好可怕。

「當然是說妳很可愛囉。」

我隨便哄一下小町，摸摸她的頭。

「嗯，她應該會聽吧。不會有問題的。」

我敢這麼肯定。如果一色伊呂波是經過算計，刻意裝出那種個性，正是她願意溝通的最佳佐證。只要她明白其中的風險與利益，我方提出的條件又夠誘人，她很有機會改變心意。

因此，現在要做的是蒐集跟她交涉用的籌碼。

不。正確說來，應該是「製造」交涉用的籌碼才對。

不管是蒐集還是製造，至少我們已經有了大方向，接下來套用至具體方式即可。為此，我還需要更多資訊。

「川崎，舉幾個妳覺得適合當學生會長的人看看。」

「咦？」

川崎沒料到會被點名，指著自己連眨好幾下眼，支支吾吾地開口：

「突、突然這樣問，我也答不出來……」

「慢慢想沒關係。」

我自己也需要時間整理思緒。

「既然你這麼說。嗯……」

她開始動腦筋，將想到的人名說出口。

「雪之下跟由比濱沒什麼問題，還有葉山。每次看他閃閃發亮的樣子就覺得很煩。」

嗯，這幾個人選都合情合理。雪之下跟由比濱大概已經展開連署，所以不列入我構思的計畫內。話說回來，葉山在川崎的心目中是那種人啊……

她繼續思考。

「海老名……工作能力是很好沒錯，但總覺得不太適合。」

這一點我也同意。海老名要處在不受束縛的位置，才能發揮真正的價值。不過，川崎這麼快就提到海老名，看來她們現在滿要好的嘛。怎麼忽然感慨了起來……

接著，川崎發出「啊」的一聲。

「然後，三浦絕對不行。」

妳跟三浦還是水火不容啊……不過，特地提起三浦的名字，不就代表其實很在意她？

到目前為止，川崎提的幾個人在二年級內都特別突出，具有相當的知名度，可以說是很標準的答案。

但是，她下一個說出的人名，便出乎我的意料。

「還有相模吧……」

「啊？相模？」

我不禁皺起眉頭，確認自己是否聽錯。川崎見我的反應，不悅地說：

「那個表情是什麼意思？問的人可是你耶。」

「抱歉，我不是說妳怎麼樣……只是，為什麼想到相模？」

「她擔任過校慶跟運動會的主任委員，接下來再當學生會長也沒什麼好奇怪。」

「原來如此……」

我早已認定相模完全沒有能力，所以壓根兒沒想到她。但是就不知情的人看來，那個人的確經驗豐富。即使把二年級學生擺在一邊，不太清楚實情的一年級跟三年級學生或許很吃這套。

相模搞不好是意想不到的黑馬，而且單純利用她一下，我也不會有罪惡感。說到可以無所顧忌大方利用的人選，還包括戶部。也先把他列入口袋名單好了。哎呀～戶部真是大好人～

川崎應該列舉得差不多，接下來便是思考如何運用。不過在這之前，當然不能忘記向川崎道謝。我把臉轉向她，卻見她忽然盯著這裡看，噘著嘴想說什麼。我用眼神問川崎是不是還有沒提到的人，她用蚊子般的聲音補充：

「還有……你吧。」

「嗯，滿有趣的。但我連找到三十個人連署都有問題。」

「我當然知道，只是說說看。」

川崎說罷，又把臉別開。既然妳知道不可能，為什麼還要說？把我的怦然心動還來好嗎？

總而言之，拼圖已經逐漸成形。我逐一檢視目前擁有的碎片。

「葉山、海老名、三浦、相模，順便加上戶部，還有一色……讓這些人參選吧。」

小町聽了，訝異地問道：

「咦？現在不就是要讓一色學姐參選？」

「以結果來說是這樣。所以這些人只是虛設來試探一色用，也可以說是道具。」

其實我的目的不只如此。但是看小町一臉不解的模樣，現在還是依序說明比較好。

「單純虛設……真的有人願意做那種事嗎……而且哥哥有辦法拜託他們？」

「哈哈哈，怎麼可能。我當然是直接借用他們的名字，然後到處蒐集連署人名單。」

為此，我還需要借助一個人的力量。

「戶塚，可以借用你的名字嗎？」

戶塚沒想到我會叫他，愣了一下。

「咦……我的名字？可是，我不知道你要做什麼……」

他不安地扭動身體，低頭看向地面，默默思考一會兒，然後抬起眼睛看過來。

「……不會做，奇怪的事吧？」

「保證不會。」

我保證不會出現任何奇怪的事，但不保證不會出現一段戀情。等等，這段戀情說不定已經是現在進行式。

經我保證，戶塚露出笑容回答：

「……那麼，沒問題。我的名字也拿去用吧。」

「謝謝你。」

好，就借我一用吧……戶塚八幡應該不錯！聽起來有點像神社（註31）。回到正題。這樣一來，拼圖的碎片便蒐集完整。拜戶塚之賜，我心中缺少的那個角落也終於被填滿。我感覺整個世界彷彿就是LOVE & PEACE。

正當我沉浸在喜悅中，小町發出「嗯——」的沉吟。

「但是現在借他們的名字，到時候一樣不會被認可，所以還是沒辦法參選吧？」

小町說的沒錯。只要對方不點頭同意，他的參選登記便不可能成立。由於有一色的前例在先，接下來誰想冒用別人的名字參選，恐怕都很難得逞。

「他們不用真的參選。不對，應該說根本沒必要。我只需要他們的連署人。」

「？」

包括小町在內，所有人的頭上都冒出問號。

「假設我蒐集到全校同學的連署，你們覺得會怎麼樣？」

「當然會贏囉。」

小町明快地回答，我點點頭。

註31 橫濱市戶塚區有不少以八幡為名之神社。

「沒錯。而且因為每個人只會連署一次，其他參選人將沒辦法參選。」

「喔……原來有這道規定。這正是所謂的法律死角嗎……」

材木座佩服地說道，但我其實不清楚規定究竟如何。順帶一提，這也跟史蒂芬・席格的電影沒有關聯（註32）。

「選舉規章內有沒有這一條我不知道。反正一般學生根本沒聽過有選舉規章。不過按照常理思考，大家幫一個人連署後，就不會再幫另一個人連署吧。」

正因為不知道選舉規章的存在，大家傾向直接用常識判斷。

每個人只能連署一次的話，「連署」這個步驟便產生新的意義。

除了做為最初步的篩選門檻，這也將成為正式選舉的前哨戰。從「連署人數需達到三十人」的條件也能理解，只要達成至少三十人的門檻，要蒐集多少人的連署都沒關係。

「所以我們要廣立參選人，盡可能拉到更多人連署。」

「搶在對手之前蒐集到所有人連署，她們就沒辦法參選對吧！」

大志的雙眼閃閃發光，對我佩服得不得了。不過很抱歉，事情並沒有那麼單純。

「簡單來想是這樣沒錯，但恐怕辦不到。這只是拖時間的手段。參選的人一多，大家會開始猶豫要為誰連署，而不貿然簽名。」

這種方式很消極，但應該能多少牽制雪之下跟由比濱。可是，這充其量也僅能

註32　史蒂芬・席格的出道作《熱血高手》在日本譯為《法律死角》。

達到牽制效果，無法產生決定性的影響。

我還得構思第二個策略。

「……我問你。」

這時，川崎出聲叫我。我抬起頭，看見她一臉嚴肅地瞪過來。仔細想想，她好像平常便是這個調調。

「先不管能不能順利進行，你不怕被發現冒用別人的名字，惹出什麼麻煩？」

姐姐開口後，作弟弟的也點點頭同意。

「沒錯，哥哥會被教訓一頓喔。」

「不准叫我哥哥。」

我倒是很想教訓你一頓。可是坐在你旁邊的川崎太可怕了，實在不敢說出口。

接著，坐在隔壁的小町也拉拉我的袖子。

「哥哥——」

她的嘴角下沉，發出不滿的聲音。好好好，我知道我知道～妳要告訴我別再做同樣的事對不對？

「我知道，我不會輕舉妄動。」

否則，一切的心血將成為枉然。

雪之下說的很對。以為全校學生會因為討厭我而照我的意思行動，只是自己太抬舉自己。我必須採取既融入客觀性，又確實有效的方法。

「那麼，這件事要誰來做？」

我對戶塚的提問聳聳肩膀。

「我們也不可能推給其他人做。」

我不願意有誰站上最前線當擋箭牌，也不願意有誰取代自己的位置。待在這個地方可是很舒服的，我並不打算讓別人搶走。

「所以，要交給人類以外的東西。」

在場的人聽了，無不露出「啥」的表情。果然還是得依序說明清楚。

「材木座。」

「喂，喂，我也是人類耶？」

材木座連忙揮手強調「我是人，這種事情我絕對做不到」。看到他那麼緊張，我不禁泛起苦笑。

「我知道。我只是想問你有沒有用推特。」

「霍霍霍霍霍霍！本尊帳號分身帳號潛水帳號黑名單帳號通通都有！碰到推特的事情交給我就對了！我在親戚之間可是擁有『電腦大老師』的名號！」

那是什麼詭異的笑法……還有，那些親戚只是在取笑你吧。

既然材木座有在用推特，事情便好處理。我一邊操作智慧型手機，秀出隨便找到的幾個帳號，一邊向其他人解釋推特。

「推特是一種社群網路平台，要當做微網誌也可以，我也不太懂它的詳細類別。總之，使用者一次可以在推特上發表一百四十字以內的文章，讓所謂的『跟隨者』……亦即自己的讀者閱讀。然後，大家可以在底下留言、回應，形成對話。」

我只先做簡單介紹。至於進一步的內容，則要勞駕大家各自回去研究。

「推特的強項在於擴散性。透過『轉推』的機制，自己寫的文章會逐漸被分享出去。」

超簡略推特講座到此結束。大家似乎也對推特略知一二，所以沒人提出問題。不愧是新時代的年輕人。話說回來，推特的確常常引起話題。動不動就有人自曝犯罪事蹟、洩漏機密情報，或是故意發文引戰。我也是從這些管道得知推特的存在。

「那麼，這跟推特有什麼關係？」

材木座耐不住早已熟悉不過的推特講座，催促我盡快說明。

「我要在推特上建立虛構的後援會帳號，弄得好像真的有人在背後發文，然後利用這個虛構人物在網路上蒐集連署。」

「虛構人物……」

小町似懂非懂地發出沉吟，我對她點點頭。

這是速成的權宜之計，無法二度得逞的破壞規則手段。

不過，唯有這次可以拿出來用。

「這麼做符合規定嗎？」

小町懷疑地看過來。

學生會選舉的規章應該沒規定不得在網路上競選。畢竟當初編寫條文時，網路尚未發達起來。

再說，這項行為也不受選舉規章限制。

「我們沒有要真的登記參選，不會有關係。」

「是嗎……」

小町盤起雙手思考，我輕輕拍她的頭。

「就算真的不行，被罵的也是那個虛構人物。被推舉的參選人跟連署的人都是受害者，到時候把責任轉移給虛構的人物即可。這樣一來，大家都能保住面子，誰也不會受到傷害。」

誰也不會受到傷害的世界根本不存在。

真正存在的，是大家平等受到傷害的世界。

沒有人受到傷害，這個世界便無法成立。如果明白這一點，依然不願任何人受傷，那只好另外產生一個代罪羔羊。

這個代罪羔羊不是從任何人之中推派，它只負責出來扛下所有的憎恨與傷害。

我使用這個方法，或許代表已經打出王牌。儘管這麼做比較費工夫，效率也不高，至少可以達成「沒有任何人受到傷害」的條件。

「哥哥，你太強了……」

大志笑得有些生硬，老實發出感想。

「哈哈哈，不用太誇獎我。還有，不准叫我哥哥。」

川崎立刻厲聲警告。

「我倒不覺得他在誇獎你。」

咦，真的嗎？所以他果然被我嚇到了是吧……

「不、不過，能成功的話就太好了。」

戶塚幫忙打圓場。小町依然嘆了一口氣，對我露出白眼。

「唉，但願能夠成功……」

平常我提出這種方法的時候，小町總是搶著第一個應聲。可是，她今天的反應卻特別慢。出於在意，我問小町：

「這個方法真的很糟糕嗎？」

「嗯——也不是糟糕……但是，這樣做不知道對哥哥是不是好事。」

小町垂下視線，怏怏不樂地說道。她自己也沒辦法說明得很清楚。

的確。我也承認這個方法只是姑息手段，也不夠正大光明。

「可是不做的話，根本不知道會如何。何況也沒有其他辦法。」

材木座說的沒錯。我們可打的牌相當有限，現在打出的還是原本不存在的牌。最強決鬥者的決鬥裡，一切都是必然。連要抽的卡也能由決鬥者自己創造（註33）。就是這個意思。

註33 出自《遊戲王 ZEXAL》決鬥者使用閃光抽牌前之台詞。

「建立帳號不是什麼問題，如何使用才是重點。光是創造一個帳號，還不足以吸引大量的跟隨者，他們也不會幫忙轉推。」

「一個一個主動追蹤校內學生的帳號。只要成功讓一個人追蹤，他的跟隨者應該也會跟著追蹤，之後人數自然會越來越多。還有……同學之間存在著互相追蹤的潛規則，在女生中更是如此。」

材木座聽到這裡，忽然「啪」地用力拍一下大腿。

「原來如此！我大概有底了。在推文底下留言說是同校學生，要求對方追蹤對吧？」

不愧是電腦大老師，一點就通。

學生之間在推特上交流時，難免帶入現實中的隔閡。發現追蹤自己的人是同校學生時，即使沒在學校見過面，也會覺得「還是得追蹤一下才行」。此乃人之常情。對方追蹤虛構人物的後援會帳號後，我們發布的內容都將出現在他的河道上。

「使用者名稱跟推文內容大概像這樣。」

我從書包拿出原子筆，抽一張桌上的餐巾紙，在上面書寫——

名稱：○○同學後援會

【總武高中限定】讓○○同學成為下一屆學生會長！如果你願意支持，歡迎加入連署行列！　#願意參加連署的人請轉推【擴散希望】

我對照著手機上的內容，寫出推文的雛形。

「基本做法是定期發布這則推文，讓大家轉推出去。接著，再把轉推過的人名寫進連署名單。」

另外還得塑造虛構人物的形象。拿捏要透露多少消息是一門大學問。我們必須做到讓大家查不出帳號的背後是誰，但又好像真的有人在操作的程度。而且還得做好幾個這樣的帳號，光想就覺得麻煩……

大家開始研究我擬的雛形，跟實際發布在推特上的推文。這種東西最好多找幾個人檢查，才能提高精確度。果然人多才好辦事。

大志舉手提問。

「如果本人看到這個帳號的推文，出來否認的話要怎麼辦？」

的確。被我們借用名字的本人很有可能看到……我稍微思考一會兒，回答：

「不然，在推文內加上這行字：『聽說本人也還沒公開這個祕密♪耶嘿♪』。而且其他人主動幫他成立後援會，也沒什麼關係吧。」

接著換戶塚舉手。來，戶塚請說～

「八幡，這些都是大家在推特上用的名稱，不太像真正的名字。這樣也可以嗎？」

「嗯。用本名的人就直接寫他的本名，不用本名的人也可以去問問看。」

川崎白過來一眼。

「怎麼可能有人告訴你本名？」

哎呀，想不到這個人的防備心很強呢～我不討厭這種女生喔。因為我的防備心也很強。凡事小心謹慎準沒有錯。

我自己也不會傻到被別人問本名時，真的乖乖報出本名。所以我能理解這個疑慮。

「嗯，其實匿名也無妨。這不是正式的連署人名冊，我們不會提交出去，也就沒有名單外流的問題。蒐集名單的目的是對那些跟隨者植入觀念，避免他們幫其他參選人連署。這樣對我們來說便是一大幫助。」

「那樣沒問題嗎？」

小町的語氣有些意外，我點頭回答：

「這些名單最大的價值，是做為交涉用的材料。」

「交涉……」

小町低聲重複這個字眼。我的用字可能艱澀了些。

事實上，這才是虛構帳號的真正用意。

以不存在的人物做為掩護，藉以規避風險，並且在網路上暗中活躍，牽制雪之下跟由比濱蒐集連署——這些都不過是次要目的。

透過這個帳號蒐集到的名單，才是最重要的東西。

到時候，名單將成為跟一色伊呂波交涉用的材料。

一色伊呂波又將成為下一場交涉的材料。

聽取過所有人的意見，釐清可能有疑慮的地方後，應該已經沒什麼問題。

剩下的唯一問題，是由誰操作帳號。

這沒什麼好考慮，也只有我跟材木座有辦法。

「材木座，一半的帳號交給你負責。」

「沒問題。」

材木座揚起故作悽愴的笑容。這個傢伙碰到擅長的領域時，總是變得特別積極。見他信心滿滿的樣子，反而覺得有危險。於是我先叮囑：

「千萬要小心，不可以讓身分曝光。想辦法撐過這三天即可。」

「放心吧。我過去被別人查ＩＰ可不是嚇假的。」

原來你被查過ＩＰ……這樣也好，受過一次教訓便知道不可以亂來。

總算可以開始行動了吧——這時，川崎用手「叩叩叩」地輕敲桌面。什麼，妳在打摩斯密碼？不是，是在叫我？那請妳叫我的名字好不好？還是說妳不記得我的名字？川什麼的同學，妳好過分～～

「什麼事？」

既然川崎不開口，我主動出聲詢問。她看一眼材木座，低聲說：

「那個傢伙有辦法模仿女生的口吻嗎？」

「放心，材木座很擅長這種事。」

材木座聞言，朝這裡豎起大拇指，「叮咚☆」地眨一下眼睛。

「沒錯！儘管相信我的文采！」

「不是那個意思……我是要你隨便找幾個帳號，複製推文內容再修改一下，或模仿他們的寫法。」

「在下當然知道。忍忍（註34）。」

材木座突然自嘲地笑起來。不不不，那其實是很可貴的才能，請你務必珍惜。

總算討論到一個段落，我喝一口早已涼掉的咖啡，其他人也抒一口氣，放鬆心情。

唯有小町依然悶悶不樂。

「小町，妳怎麼了？」

我用只有她聽得見的聲音詢問，小町也用微弱的聲音回答：

「這樣真的沒問題嗎……」

「沒有問題，交給我吧。我會負責搞定一切。」

「嗯……」

小町口頭上答應，但頭依舊低垂著。我輕拍幾下她的頭。

「哥哥，答應小町要跟雪乃姐姐和結衣姐姐說喔。」

她握住我的手說道。

註34　忍者哈特利的口頭禪。

「嗯，等一切準備好之後，我會跟她們說的。只怕沒什麼說服力，說了也等於白說。」

「哥哥明明最喜歡講道理，卻又跳過一堆事情不提。小町真的很擔心……」

「不用擔心。」

總會有辦法的。

這樣做真的很麻煩。但如果這是能達成條件的唯一方式，我只有採納一途。

現在已經有理由，知道問題所在，也決定該怎麼做。

接下來便是付諸實行。

8 時機成熟，比企谷八幡終於開口

深夜，我開啟家中的電腦，確認所有運行中的虛構帳號。

這些帳號正式上線後的三天期間，我幾乎一直守在推特上忙東忙西。

畢竟不是全校的所有學生都有用推特，也有不少人對學生會選舉沒什麼興趣。我遇到不少早已荒廢的帳號，也有不少人直接無視我的留言。有一段時期，轉推數陷入瓶頸，遲遲沒有進展，於是我另外新增葉山後援會的帳號。

多虧這一招，儘管距離全校一千兩百名學生的轉推數有一大段距離，至少也達成目標。這一切真的要感謝葉山。

如此一來，我得以捏造具有說服力，可以端上檯面的資料，跟一色伊呂波，以及之後的雪之下、由比濱交涉。

不過，距離計畫完成還差一步。

我開著電腦，拿起手機。

印象中自己好像沒儲存那傢伙的手機號碼。我開啟通訊錄逐一尋找，嗯，果然沒有。

「啊……」

仔細想想，我一直覺得反正不會跟他聯絡，所以沒儲存手機號碼。還是說原本有，只是後來把他刪掉了……我連為什麼沒有他的號碼都記不清楚。

對了，打開通話記錄找找看。

通話記錄內幾乎都是小町的號碼。往回翻到校慶的時間點時，出現一個陌生的號碼。對喔，當時不是打電話給他過嗎……

原來這台可以打電話的多功能鬧鐘能保存那麼久的通話記錄，值得稱讚。

我撥電話到那個號碼。

鈴聲還沒響完一次，電話便接通。

『是我。』

全世界只有一個人會這麼應答。

「材木座嗎？」

『唔嗯。找我何事？我正在玩手機遊戲，麻煩你快一點。』

啊，難怪材木座那麼快接電話。我還以為他永遠坐在手機旁邊，等著我打電話過去。那樣反而有點恐怖。總之，占用他太多時間也不好，不如速戰速決吧。

「抱歉啦。關於推特上的帳號，有點事情要麻煩你。」

『唔嗯？』

他回答得不置可否，但我不以為意，繼續交代事項。

這件事沒什麼難度，不過是稍微變更一下設定。

貴為電腦大老師的材木座聽完我的要求，當然沒有拒絕。只不過，他的回應多了一絲躊躇。

『嗯，這點設定上的小改變是能很快完成沒錯……』

「那麼，你改變你負責的幾個帳號，我這邊我自己處理。」

『這個我不介意……但是八幡啊，你確定要這麼做？』

材木座竟然為我擔心，真是難得。但我還是盡量平靜地回答：

「怎麼了嗎？」

『……這實在不是值得稱讚的方式……而且伴隨著危險。』

經過幾秒鐘的沉默，材木座語重心長地說道。雖然他說得一副裝模作樣，從聽筒內的氣聲聽起來，我又覺得他的態度很認真。

正當我想著該怎麼回答，材木座忽然大聲說道：

『哎呀，你可別會錯意喔！我才不是擔心你，而是擔心自己會不會被連累，或是你一見事情不妙立刻斷尾求生罷了。我也要先告訴你，我方已經做好在發生那種事態時把你咬出來的準備。』

「你未免太垃圾了吧。」

我忍不住笑出聲音。他究竟是真的這麼認為，還是用迂迴的方式對我忠告，我實在分不出來。

「不用擔心，只有我們知道帳號是誰在操作。即使有人想查出真實身分，這個帳號的人也不存在。所以誰都不會受到傷害。」

『真是那樣就好……』

見材木座仍然有些疑慮，我決定送他一句名言。

「材木座，你知道嗎——『只要問題不成問題，就不是問題』。」

『八幡，你簡直垃圾到極點喔～』

我感覺得到，這句話出自真心誠意。

「我才不想被你這種人說是垃圾。總之，拜託你啦。」

『唔嗯，真拿你沒辦法。到時候不要把責任全推到我身上喔！我是說真的——』

「知道啦知道啦……再見。」

我不等他說完便切斷通話。那個傢伙最後真的喊得很激動……

不過，材木座的擔心都是多餘的。不管再怎麼樣，責任都不會落到他的身上。

我重新整理瀏覽器，確定材木座已經變更負責的帳號設定。

接著就是把資料印出來。

等待列印完成的期間，我靠在沙發上，望著天花板。

× × ×

翌日，星期五。今天是決戰的日子。

雖然說是決戰，倒也非正式的學生會投票。今天的最大任務，正是想辦法避免三方競爭的多數決投票。所以跟決戰比起來，「攤牌」或許更正確。

我能夠繼續在這裡耍帥，也只到第三節課下課為止。一進入第四節課，我的內心便開始七上八下。

待會兒將是一場大豪賭。

我把第四節課的所有時間用來思考如何提升自己的勝算——說「思考」不太正確，我真正做的，其實只是重複無意義又沒有止盡的文字遊戲與邏輯謎題，藉以緩解自己的緊張。

我一直坐立不安，頻頻看時鐘，計算還有多久下課。

這段時間終於也告終。下課鈴響的那一刻，我帶著昨天準備好的資料夾，第一個離開教室。

目標是一年C班，亦即一色伊呂波所在的班級。

我不瞭解一色平日的生活習慣，無法得知她午休時間會去哪裡，因此得把握剛下課的時間立刻去她的教室等人。

我在腦中沙盤推演，模擬要如何對一色開口，或是如何請班上同學找她出來。

不會有問題的，我事先在家中浴室對著鏡子演練過好幾次，不會有問題……不會有問題吧？總覺得還是有點不安……

東想西想之間，C班教室已經出現在眼前。

教室的門開著，我偷偷探頭往裡面看。光是這個舉動，我便覺得自己完全是可疑分子。C班的學生大概也難得看到不同年級的人，紛紛把頭轉過來……不妙，得在他們把老師找來前趕快解決！

環視一圈後，我發現一色坐在教室後方的窗邊座位，正要跟幾個朋友一起吃午餐……看來只能請人幫忙找她了。不會有問題的，不會有問題的，都練習那麼多次了……八幡，加油喔！（CV：戶塚彩加）好，我有勇氣了！

教室門口站著三個戴眼鏡的男生，我對他們出聲。

「請問……方便打擾一下嗎？」

我不斷提醒自己不要把聲音拉尖，結果反而有點低沉。

「喔，好……」

其中一個人願意理我，另外兩人則交頭接耳，似乎要先開會才能決定。好吧，我不是不能理解。總之別管他們，趕快進入下一個程序。

「能不能幫我找一色同學？」

「喔……」

儘管這個男生回答得不甘願，他還是進入教室幫我找一色。一色聽到有人找自己，飛快地看向這裡，然後略微露出失望的表情。真抱歉啊～來找妳的人是我。

一色踩著雀躍的步伐走過來。她這時已經換上笑容。

「學長，有什麼事嗎～」

「為了學生會長的選舉，有事情想請妳幫忙。」

一色聽到我這麼說，一臉抱歉地縮起身體。

「是……不過，能不能等到放學之後～中午我有點……」

她一開始肯定會拒絕，這是預料中的回應。我當然也準備好如何應對。我加深自己的死魚眼，用嚴肅的口氣告訴她：

「那絕對來不及。」

「絕對來不及嗎……嗯～～」

一色盤起雙手思考一會兒，最後終於下定決心。

「知道了。那麼請等我一下～」

她小跑步回座位，收拾好自己的午餐，又小跑步過來。

「好了。我們要做什麼？」

「可以跟我去一趟圖書館嗎？有些文書工作需要處理。」

「喔……好吧，這也沒有辦法～」

等一下，妳是不是閃過非常不情願的表情……

× × ×

午休時間的圖書館寂靜異常。會在這個時候來圖書館的學生本來就不多，而且現在也還不到大家擠來圖書館的時期。

悄然無聲的圖書館一角，響起某個人格外明顯的嘆息。

發出這陣嘆息的人，正坐在我的面前。

「唉……」

她又刻意深深地嘆一口氣，接著瞄我一眼。

「學長～這個真的得由我來寫才行嗎～」

「沒辦法啊，妳不是不想當學生會長……更何況我找不到其他能幫忙的人，但又想趁有時間的時候趕快解決……」

一色聽了，不高興地鼓起臉頰。妳太狡猾了……

「……唉，也是啦。不過，抄這些東西還是很辛苦耶～」

我拜託一色的工作，是把從虛構帳號蒐集來的連署名單抄進連署人名冊。這段話真拗口。

坐在這裡一個勁兒地抄寫名字當然很無聊。我也在做同樣的事，所以心裡很清楚。

基於這個緣故，一色開始分心對我說話。她這麼做也可能是一種防衛機制，先說點什麼話打破沉默，以免意識到跟我這種人待在一起的侷促不安。不管怎麼樣，跟我說話都不可能是一件快樂的事。

雖然抄寫的進度慢了下來，這樣倒也不壞。

「啊，對了。前幾天跟葉山學長一起在外面玩的人，是他的女朋友嗎？」

「妳覺得呢？」

「咦～～告訴我一下有什麼不好～～」

「先把工作做完再說。」

「好吧。不過～那種人的話感覺沒有問題，我也沒什麼意見……」

聽妳在那邊喃喃自語很恐怖好嗎……要是在葉山面前，妳不可能表現出這一面對吧。在大多數的情況下，女性對男性鬆懈下來不是為了引誘，而是純粹因為對方不屬於自己的菜（根據個人調查）。那麼，這個道理反過來是否也說得通，認為女生防備心重的話，代表對自己有好感？答案仍然是否定，這僅代表對方真的很討厭自己（根據個人調查）。

一色繼續閒談打發時間。

「還有啊，學長是不是跟葉山學長很要好？」

「不是，一點也不好。我不過是被某位學姐硬逼著當他的陪客。」

「啊，那麼學長下次要不要跟我出去玩？然後邀請葉山學長一起去。」

「算了吧，我才不去……」

我這個召喚祭品未免也太好用，要不要乾脆把我做成一張卡片？

話說回來，我很清楚我們早晚會觸及葉山的話題。這是一個好機會，趁現在詢問她的看法比較不容易讓她起疑。

「我問妳，妳……覺得葉山這個人怎麼樣？」

正要把問題問出口時，我臨時修改自己的用字。我的內心住著一位純情少女，直接說出「喜歡」這種字眼實在有點難為情。然而，修正過的問法似乎讓一色覺得不太舒服，她張口結舌一陣子，慌慌張張地對我低頭道歉。

「啊？這、這是什麼意思？難道學長你想追求我？對不起我已經有喜歡的人了。」

一色極其自然地拒絕，迅速將我秒殺……奇怪，難道妳是拉麵人（註35）？戰鬥明明還沒開始耶……

「不是那個意思……我只是想聽聽看妳對他的看法。」

「嗯～我對他的看法嗎～感覺會是我很喜歡的類型～」

「喔，這樣嗎。『感覺』是吧……」

「那個人應該很不錯，所以會想先出……會想跟他牽手看看～」

妳剛才是不是差點要說「出手」？果然是外表溫溫和和的蕩婦……

不過，我也得以瞭解自己想知道的事。

這樣一來，即可抱持十足的把握跟她交涉。

註35　漫畫《金肉人》中角色，曾以37秒的最快時間擊敗馬達人。

直到這一刻之前，我無法徹底掌握一色伊呂波的為人。我跟她認識的時間不長，所處的立場跟環境相差太大都是原因之一。最重要的一點，是我始終看不清她的核心部分。

透過跟一色的對話以及我至今的人生，所有的拼圖總算聚集完整。

她有鬼靈精的一面，懂得利用自己的天真，也懂得如何抓住異性的心。這是我的妹妹比企谷小町也具備的特質。但是一色可愛和討人喜歡的程度不夠，結果變成一點也不可愛的小町。

再提到外表跟算計，這個部分為雪之下陽乃所擁有，但一色的程度遠遠不如她，結果變成劣化版的陽乃。

還有溫溫和和的印象，這種個性跟巡學姐很相似，可是本質上卻完全不同。結果，一色伊呂波只像冒牌的巡學姐。

以及想要受到寵愛的願望，我依稀在這裡看見相模的影子。只不過，一色的能力比相模好上太多，結果變成超級強化版的相模。

賦予自己角色，時時刻刻表現出該角色的樣子，這屬於折本佳織的作風。從好一陣子之前，我便有這種感覺。因此若以類型區分，一色伊呂波跟折本屬於相同類型。

綜觀上述幾點，不難導出跟這種人交涉的方針。

一色的自尊心絕非高不見頂。遇到該討好的人時，不排斥討好對方；希望永遠受到寵愛，但也懂得顧好自己的招牌，絕不隨便作賤自己。簡單說來，一色想守護的是自己的「品牌形象」。

因此，她不喜歡信任投票這種有損自己形象之虞的機制。最讓人感到討厭的，莫過於勝算百分之百的戰鬥。此外，她也明白出任學生會長無助於提升自己的行情。

從某些層面而言，她的思考模式頗有保守型中堅企業經營者之姿。

那麼，我應該能以公事公辦的態度跟她對話。

我忽然沉默下來，使一色再度感到乏味。她用略帶撒嬌的聲音開口：

「學長～這些東西到底有什麼用？為什麼還要特地手抄一次……」

「也不是完全沒用……」

「總覺得這種說法怪怪的……」

一色對我露出白眼。

「其實不管抄不抄這些東西，最後八成都是雪之下或由比濱獲勝。照這樣想的話，的確沒有意義……不管妳再怎麼努力，都贏不了她們。」

「咦～不覺得那樣說很傷人嗎～雖然我也不想贏得選舉啦～」

她把我的話當做笑話帶過，我則非常正經地回答：

「儘管放心。妳絕對不會贏，這點我保證。」

這時，一色的眉毛顫了一下。

「是、是啊～不過，萬一不小心贏的話，感覺也很可怕～」

我搖搖頭，淡淡地解釋。

「雪之下請了葉山負責她的助選演說。」

「啊～對喔。」

「由比濱也有三浦幫忙。」

「喔～三浦學姐……」

好在一色對三浦的名字有所反應。我知道這兩人的關係不好已久，於是抱持點燃她心中火苗的期待，繼續說下去。

「然後，由比濱在班上跟葉山很要好，葉山跟雪之下又是青梅竹馬。」

「這樣啊……什麼？青梅竹馬？」

一色似乎真的不知道這件事，語氣明顯激動起來。

「明眼人應該都看得出她們就是那種人，妳沒有任何一點贏得了她們。」

「嗯……」

就我個人聽來，她發出的回應不知是嘆息還是沉吟。

我敢肯定地說，這間學校再也沒有比她們更厲害的女生。其他地方說不定也找不到。

一色的話越來越少，我趁勢追擊。

「再說，當初幫妳連署參選的那些人，十之八九不會投票給妳。」

「嗯……」

「他們現在一定笑得很高興。等妳輸掉選舉，還會笑得更大聲。」

「……」

聽到這裡，她再也沒有回應。但我仍不罷休。

「妳一定也很生氣吧。」

啪——靜悄悄的圖書館內，響起自動鉛筆筆芯斷裂的聲音。除此之外，就只有我的說話聲。

「只要妳稍微出一點醜，他們便能愛怎麼說就怎麼說。因為那些人只是在玩弄妳，捉弄妳，把妳當成笑柄。」

一色停下動作，盯著手上的自動鉛筆。

「既然被對方陷害，哪有不回敬一下他們的道理……」

「……唉，如果可以的話。」

聽到這句低喃，我馬上回答：

「當然可以。」

一色的肩膀跳動一下。我注意到這個小動作，盡可能從容地告訴她：

「那些人挖這個洞給妳跳，為的正是貶損妳，惹妳不高興。既然如此，妳只要反將回去，用他們布置好的舞台達成最好的結果即可。」

如果對女生而言，一半的同性皆為自己的敵人，如果一色伊呂波真的喜歡葉山隼人——

我孤注一擲，把一切賭在一色身為女生的自尊上。

「想不想贏過有葉山助選的雪之下，跟有三浦支持的由比濱？」

這時，一色抬起頭。

但她又立刻露出對待客人專用的膚淺笑容。

「不過，我根本贏不了她們吧～就算真的贏了，我也不知該怎麼辦～」

就我看來，一色算得上聰明的女生。她很明白自己的價值，懂得展現別人對自己期待的樣子。在此同時，她又狡猾地區分這些態度的使用時機。

也因為一色很聰明，她很清楚自己跟雪之下、由比濱的差距。不解開這層枷鎖的話，便激不起她的挑戰心。

「妳知不知道我要妳寫的這個東西是什麼？」

「不是連署名冊嗎？」

「沒錯……不過，是妳的連署名冊。」

「嚇？啊，不對……耶？」

其實妳沒必要修改語氣（良心建議）。

我從資料夾拿出另一疊紙張。

這疊紙張上的內容，清一色是「一色伊呂波後援會」上被轉推的內容。我一張一張攤開，擺到她的面前。

「可是～我已經有足夠的連署人數……」

「選舉規章內定的連署人數門檻為三十人。只要到達這個數字，多少人連署都沒問題。」

一色拿起這些紙張掃視。我接著補充：

「這些名單加起來大約有四百人。這四百個人都是妳的支持者。」

「……」

此時此刻，一色想必在玩味這個數字的意涵。經過半晌，她察覺到什麼，如同被電到似的丟下紙堆。

「臨、臨時要我改變主意也不可能啦！而且人家連演、演說內容都還沒想～」

「先前雪之下給妳的那張政見，是不是還留著？」

我突然轉換話題，一色想了一下才會過意。

「咦？啊，應該還留著。」

「那麼，直接拿來用就好。」

她聽到我這麼說，顯得有點擔心。

「嗯～～那樣不會變成傀儡嗎？」

「放心，不會。」

見她不解地把頭偏向一邊，我的嘴角忍不住揚起邪惡的笑容。

「反正妳不需要真正實行。不乖乖按照劇本走的人根本不叫傀儡。從來沒有人會真正實現競選承諾，而且也沒人真正期待他們實現承諾。」

「那不是比傀儡更糟糕？」

一色的臉上閃過無奈的笑意。

「……不過～就算真的選上，我也不認為自己能做好學生會長……我實在沒什麼把握，而且還有社團活動～」

我能理解她的不安。

在貿然決定的情況下成為學生會長，卻表現得一塌糊塗，只會砸毀自己苦心經營的招牌。當前的她正衡量著風險與利益，在做與不做之間擺盪。

既然如此，我必須把風險與缺點轉化為對她有利的優點。

「兼顧社團跟學生會的確很辛苦……但是相對地，妳也能得到更多回報。猜猜看是什麼？」

「回報？嗯……經驗之類的東西吧～未來參加升學考試也可以加分——學長，你不覺得自己很像老師嗎～」

一色又白了我一眼，彷彿在說：「我不想聽你沒有營養的說教喔～」

只不過，太小看我的話，之後後悔的可是妳自己。

「……不對，妳搞錯了。妳能得到的回報是——『雖然一年級就當學生會長真的很辛苦，我還是神采奕奕地去社團活動報到！』」

我竭盡所能地模仿一色裝可愛的口吻。一色目睹這一幕，暗叫一聲「天啊……」

唔嗯，長標題果然行不通嗎？

我清清喉嚨，繼續說下去。這次，一色確實有所反應。

「以能力來說，一年級跟二年級的人不會差太多。然而，在一年級的階段失敗卻可以被原諒。」

她意識到什麼，猛然把臉轉過來。我確定她看著自己的雙眼後，多加一分力道。

「還有，兼顧社團跟學生會的話，代表妳受不了學生會的工作時，可以拿社團當逃避的藉口，不想去社團的時候也一樣……這是只有妳才擁有的優勢。」

「但不管再怎麼說……感覺，還是很辛苦呢～」

一色不安地扭動肩膀。這是她目前所展現最正面的反應。

如同一色先前所言，若照現在的情形當選學生會長，她只會淪為傀儡，甚至比傀儡還不如。以一色一個人的力量，根本做不了任何事。可是從另一個角度來說，這也能解釋成她適合學生會長一職的理由。她需要眾人的幫助和庇護，能得到以葉山為首的廣大學生呵護，這正是她最大的優勢與好處。若要用淺顯易懂的方式說明，差不多是這個樣子：

「要是遇到困難，儘管去拜託葉山幫忙。他會陪在妳身邊整整一年。利用社團結束後的時間一起去吃飯順便跟他商量問題的話，還加贈護送妳回家的售後服務時間有限要買要快。」

我一口氣說完這麼一大串，一色聽得連連眨眼。

「……學長，你的頭腦該不會很好吧？」

「妳說呢？」

只可惜個性跟心地都很差勁。

一色輕輕嘆一口氣，露出苦笑似的微笑。

「好吧……既然有這麼多人支持，只好答應囉～學長的提議也很吸引人……再說，我也不喜歡被班上同學在背後嘲笑……」

她說到此，換上很明顯不安好心的笑容，說：

「就當做被學長騙一次吧。」

說也神奇，我竟然覺得這種笑容可愛多了。

× × ×

我在特別大樓的走廊緩緩踱步。才隔幾天不見，便覺得這幅景象教人懷念。

放學後的喧囂、學生們的吵嚷、從外面傳來的社團活動和銅管樂團聲……在在像極了許久不見的老面孔。

我來到侍奉社辦，把手放上門把。大門沒上鎖，她們大概已經在裡面。我輕輕吐一口氣，進入社辦。

室內飄著淡淡的紅茶香。

雪之下跟由比濱各自坐在固定座位，但是彼此沒有交談。

平時總是拿出文庫本閱讀的雪之下，今天默默地端坐在位子上；由比濱也沒在玩手機，只是尷尬地側眼瞄雪之下。

這也沒有辦法。

畢竟她們要參選學生會長的消息已經傳開。我監控推特上的內容時，也看到一些人談論這件事。

雪之下對於由比濱決定參選一事，也不可能不知情。由比濱的心中想必七上八下，擔心雪之下會對她說什麼。

不過，一切即將畫下句點。

「抱歉，讓妳們久等了。」

我簡單地問候，走到自己專屬的座位坐下。

雪之下看過來，維持嚴肅的表情張開緊抿的嘴唇。

「真難得，你竟然會特地找我們來。」

「因為我想得出我們共同的結論。」

雪之下聞言，稍微訝異了一下，隨後垂下視線，反芻自己聽到的字眼。

「我們的……結論？」

「對。」

我看向由比濱，她同樣默默地看著這裡，等待我的下一句話。

「縱使我們的做法各不相同，整個社團還是該達成共同的結論。尤其是學生會選舉這種僅此一次的委託。」

學生會選舉只有這麼一次，機會僅存在當下，容不得我們反覆嘗試錯誤。因此，大家達成共識才是最好不過。

「妳們仍然堅持自己的做法嗎？」

儘管心裡很清楚她們會如何回答，姑且確認最後一次。

雪之下的視線落在我身上，沒有一絲和緩的跡象。她想也不想，用堅定的語氣回答：

「我不會改變做法。這是最妥善的方式。」

這句話有如銳利的冰柱，狠狠地刺入我的身體。

在她不由分說的魄力下，我一時說不出話。社辦內頓時陷入寂靜。

另一個小歸小，但是充滿滲透力的聲音響起。

「……我也，不會改變。」

由比濱盯著桌面，說什麼也不肯看向我們。雪之下感受到她相當認真，緊咬住嘴脣。

「由比濱同學，妳沒有參選的必要……」

「我會參選，而且一定要贏。」

由比濱同樣鐵了心不打算退讓。她始終低垂著臉，使我無法窺見表情。雪之下看著由比濱的側臉，嘶啞地輕聲詢問。她淒切的表情難掩心中的痛，瞇細的雙眼也顯得悲傷。

「為什麼，連妳也這麼做……」

「……因為小雪乃妳不在的話，這裡一定會消失……我不要這個樣子。」

由比濱的聲音在顫抖。雪之下緩緩吐露一字一句安撫她。

「之前我不是說過，這裡不會消失嗎？所以，不需要連妳也參選。」

「可是──」

由比濱抬起頭要反駁，但是一看見雪之下的臉，話語便消失在口中。

於是，由我接下去。

「事實上，妳沒有參選的必要……雪之下也一樣。」

「……那是什麼意思？」

雪之下瞇細眼睛，銳利地看過來。

「我應該已經否決過你的做法。」

沒錯。我之前的提議被她評得體無完膚。以為光靠個人的力量總有辦法解決問題，完全是我太看得起自己。葉山也點醒我不論自己怎麼想，其他人會如何看待自己，將意見強加到我身上──雖然同時也有人讓我發現，或許不是如此而已。

「……沒錯。我不是要提那個……我已經放棄那麼做了。」

這次的方法不同於過去。我多費了不少功夫以避免風險，並且達成要求的條件。

「……」

雪之下不太明白我的意思，沒開口說什麼。她似乎對我乾脆地撤回提案感到意外。

「那麼……為什麼，我們不用參選？」

由比濱戰戰兢兢地問道，一副害怕聽到回答的樣子。不過，我的回答非常普通，沒什麼好害怕。

「一色終於願意擔任學生會長，所以委託本身已經不存在。」

她們兩人聽了皆驚訝得說不出話。後來是雪之下先開口。

「怎麼突然……」

「事情不是突然改變。我們一開始便搞錯前提。」

我們通通選錯解決問題的方向。

為沒有意願的人製造台階，讓她安然下台是一種方法。

事實上，還有另一種方法——讓沒有意願的人產生意願。如此一來，問題本身便跟著消失。

「一色並非不想當學生會長，而是擔心過不了信任投票。她不喜歡參加這種一定當選的選舉，這會讓她的學生會長當得很沒面子。」

有些人不聽其他人的意見，選擇自己創造成功經驗。而且若不照自己的劇本走，便無法心安理得。

相同的道理，也有人確實創造屬於自己的角色，並且努力維持該角色。

一色純粹是不願降低自身價值，所以只要排除擔任學生會長的缺點，明確告訴她有哪些優點即可。

「達成這個條件後，一色自然願意當學生會長。」

由比濱聽到這裡，仍然存有疑慮。

「但我們不參選的話，不是又變成信任投票？」

「對，會變成信任投票。不過，只要信任投票有其價值便沒問題。不損及一色品牌形象的話，事情就另當別論。」

她們依然不太理解，用視線要求我說明。

這種時候與其繼續浪費唇舌，直接拿出具體例子會更有效果。我拿起自己的書包，從中取出資料夾。

「於是，我讓她明白自己的價值。」

裝在資料夾裡的正是稍早給一色看過的紙張。上面記載著轉推過後援會帳號推文的使用者一覽。

「這是什麼？」

由比濱抽出其中一張紙問道。

「我在推特上發現一色的後援會帳號。不過除了一色之外，其他人好像也有後援會。」

所有後援會的帳號都是我建立的，現在還能臉不紅氣不喘地說出這種話，連我都開始佩服我自己。不過，我說的話沒有任何一句是謊言。

雪之下看著資料，不解地低語。

「竟然在網路上蒐集連署……」

「不只如此。在多名參選人後援會的推文中，被轉推最多次的就是一色。」

「換句話說，這等於正式投票的前哨戰……」

我點頭同意她的說法。

虛擬的網路平台不足以構成障礙，這項事實仍然會成為對其他人的負面流言。即使其他人有意參選，也可能受到這份等同正式投票前哨戰的資料影響，而打消念頭。無法達到這個目的也沒關係，只要一色從這裡得到自尊，產生動力便相當足夠。

雪之下迅速看過一張又一張的資料，然後長嘆一口氣。

「原來網路上有這種事……難怪提到連署的時候，大家的反應都不是很熱絡。」

她找的人應該不至於剛好是在網路上轉推過文章的人。只不過，那一連串推特連署帳號確實給了他們思考的空間。

可以選擇的項目數量大於一時，自然會產生猶豫。

每個人猶豫的時間固然短暫，一旦這股氣氛蔓延開來，累積的損失時間也相當可觀。路上之所以會塞車，正是出於一輛車的短暫煞車。兩者是相同的道理。

啪沙——

雪之下把資料湊過來，指著上面的內容問我：

「……這是不是你做的？」

紙張被她捏出皺痕。

「某一群有志之士吧。至於是哪些人我也不知道。」

「……這樣嗎。」

雪之下沒繼續深究。

她大概也明白再問下去也問不出所以然。我不可能主動承認，而且即使真要追查，資料內的帳號內容也不足以查出是哪個人。

「好多人連署喔。」

由比濱愣愣地低喃。

「是啊，確實不少。差不多有四百人。」

我也看向那份一色伊呂波後援會的轉推名單。

這幾天共有葉山、三浦、海老名、一色、戶塚、相模、戶部，以及後來新增的葉山第二後援會帳號定時推文，八個帳號累積超過四百次轉推，其中以葉山後援會的轉推占壓倒性多數。若把所有轉推數平均下去，一次推文的轉推數可能連二十都不到，在多個帳號同時運作下，才累積到這個數量。

沒錯，「四百」是這八個帳號加起來的轉推數，而非一色後援會的帳號單獨達成。

再怎麼說，總武高中內的推特使用者非常有限，一色不可能真的得到那麼多人支持。

所以，我在此設了唯一的騙局。

雖然推特的帳號在註冊後便固定下來，但前面的使用者名稱可以隨時更改。

昨天夜裡，八個後援會的使用者名稱皆變成「一色伊呂波後援會」，頭像也全部被更換。

動手腳的正是在背後操作這些神祕帳號的人。

仔細觀察的話，不難發現帳號部分不太一樣。但這些帳號通通由「kaicyou」、「ouen」（註36）之類的字組成，難以跟特定人物聯想在一起，所以這個部分還可以勉強辯解。

雪之下跟由比濱看著這些名單。

老實說，若真一一檢查，其中有不少重複和匿名的帳號。

這些資料只是唬人用的。

只要能撐過今天，撐過現在這段時間，即算順利達成任務。

由比濱突然放下資料，準備拿起手機。

看到這一幕，我不禁流下冷汗。她該不會打算上網確認？

好在她思考一會兒後決定作罷，將手機放回原處。

而且在這個時間點，使用者名稱跟頭像都還沒改回去。真要查的話，也只會看

註36　兩者分別為「會長（会長）」、「後援（応援）」之羅馬拼音。

到跟這份資料一模一樣的內容。

在有跟隨者的情況下變更名稱，是非常冒險的手段。

值得慶幸的是，只要我方不在推特上發文，跟隨者的河道便不會出現新的內容。

今天一天下來，我跟材木座都沒發布推文，跟隨者發現使用者名稱跟頭像改變的風險隨之降低。此外，跟隨者不是只跟隨後援會帳號，他們的河道會持續湧出其他帳號的推文，讓後援會的推文不斷被往下洗，終至淹沒。

當然，我也無法排除已經有人發現後援會帳號改變的可能。

這倒沒有關係。只要撐過今天這一天，我將關閉帳號，讓一切消失得乾乾淨淨。

後援會帳號基於兩個理由而存在。

其一，做為說服一色伊呂波擔任學生會長的資料。

其二，牽制雪之下的行動，延緩她蒐集到足夠連署人數的時間，並展示一色當選會長的可能性。一旦雪之下放棄參選，由比濱也將失去參選的理由。

「嗯，超過四百人連署……」

雪之下看完資料，如此低語。

全校共計一千兩百名學生，假設有三個人參選學生會長，簡單計算一下，不難算出當選所需的最低票數為四百零一票。

這四百多人的名單正是一色可望當選的證明。

解釋到這裡應該已經夠詳細，我收回資料，整理好之後放回自己的書包。

「妨礙一色成為會長的問題都已解除，所以——」

我看著兩個人，一個字一個字地說：

「妳們沒有參選學生會長的必要。」

這句話看似沒什麼大不了，卻花了我好長一段時間才說出口。這就是我的結論。沒有人會受到傷害，沒有人會被問罪，也沒有人會被責備。一切的責任與傷害，將隨後援會帳號一起消失。

由比濱抒了一口氣。

「太好了……問題解決了……」

她從精神上的疲憊解脫，肩膀放鬆下來，露出久違的笑容。

我也稍微扭動頸部，緩解僵硬的肩膀。

轉到雪之下的方向時，我發現唯有她一人默默地不說話。

她不發出任何聲響，像一個精巧的陶瓷娃娃。雙眼如玻璃和寶石般透明，散發冰冷的氣息。

那正是我所熟悉的雪之下。沉著、穩重、冷靜、端莊，以一般的概念來看，她的姿態依舊美麗。

然而，現在的她卻顯得虛幻，彷彿輕輕一觸便會消失。

「是嗎……」

雪之下嘆一口氣說道，把頭抬起，卻不看向我或由比濱。

「也就是說……這次的問題，跟我參選的理由，都不存在了對吧……」

她望向遙遠的窗外。

「是啊……」

我順著她的視線看過去。窗外仍是熟悉的風景，西斜的太陽，又高又清澈的天空，以及葉片落盡後，在風中孤單搖擺的樹木。

「嗯……」

雪之下略微垂下頭，閉上雙眼。

「我還以為，應該能瞭解的……」

這句話不是對誰所說，只像一串空洞的聲響。

我的內心還是湧起一陣騷動。

雪之下如同在懷想遙遠的過往，悼念逝去的事物。但我很清楚自己絕對不能發問。

她靜靜地起身。

「──我去向平塚老師和城迴學姐報告。」

「啊，我們也去──」

喀噠一聲，由比濱正要站起身。然而，雪之下對她露出平靜的笑容，示意她別這麼做。

「我一個人去就夠……如果花的時間比較久而晚回來，你們先走沒有關係。我會記得歸還鑰匙。」

雪之下說完後，離開社辦。

她對由比濱的態度和笑容，應該跟過去沒什麼不同。

那麼，我為何覺得有哪裡不太對勁？

心中的騷動尚未停歇，雪之下的話語仍在耳畔迴盪。

這時，我才首次意識到──

如果──

如果雪之下的真正用意並非如此──

事到如今，我才想起來。

雪之下對選舉規章瞭解得很徹底，我一直以為那是她聰明才智與豐富知識的表現。

雪之下說過她不介意當學生會長，我一直以為那跟校慶的時候一樣，出自對姐姐的競爭心態，以及專注於一件事情的態度。

可是，如果──

如果她的那句話發自真心呢？

我是否不小心遺漏混雜在千言萬語內的真話？

我是否只從自己的立場解讀她的行動原理，把事情看得過度樂觀？

有些人不面臨問題或找不到理由，便無法產生行動。

有些人儘管抱持一定的把握，仍然會因為沒把握的另一半，而無法有所行動。

我很明白這個道理。即使發現其他這樣的人，也沒什麼好訝異。

儘管如此，我卻排除了這種可能性。

我不知道實情究竟如何。

我們從未針對此事討論。就算討論了，恐怕還是無從得知。

只不過──

我忍不住要懷疑，自己是否犯下什麼錯誤。

×　×　×

夕陽逐漸照進社辦。

雪之下仍未回來，看來她真的花費不少時間在說明上。至於實情如何，則不得而知。

社辦內只有我跟由比濱兩人。

我心不在焉地隨意瀏覽書本，由比濱也只是盯著手機，手指沒有任何動靜。

掛在牆上的鐘，顯示離校時間即將到來。

我收回視線，正好跟由比濱對個正著。她大概也在注意時間。由比濱倏地開口：

「小雪乃好慢……」

「……是啊。」

我簡短應聲，看回手上的書本。

但我很快明白這番舉動沒有意義，索性將書闔起。

接著我搔搔頭，思考要如何開口。

「嗯……抱歉。」

「……咦？為什麼道歉？」

由比濱嚇一跳，稍微提高警覺。

「妳不是也努力了很久，思考選舉的政見跟演說內容？」

「喔，那些啊……」

經我這麼回答，由比濱才鬆一口氣。

「都沒關係了。」

接著，她露出清爽的笑容。

看到由比濱的表情，我的心情也輕鬆不少。先不論人格與人望如何，以實務面而言，她明明不適合當學生會長，但還是那麼努力。因此，讓她的苦心通通白費，我其實有些過意不去。見由比濱不放在心上，我才偷偷鬆一口氣。

「你不是也做了很多事?你看，連頭髮都長得亂掉了。」

她指著我的頭髮說道，隨即站起身。

「我來幫你整理。」

「不需要。」

「有什麼關係~」

她不理會拒絕，走到我的身後。

溫熱的掌心貼上頭髮，我正要甩頭避開，卻被她用力按住。

「你真的很努力喔。」

「沒有……」

原本按在頭髮上的手早已停下，隨後而來的是輕輕包覆後頸部的沉重感。我嚇得全身動彈不得。

現在隨便亂動的話，只會使接觸面積擴大。我很不樂見這種情況發生，只好僵著身體不動。這時，耳邊傳來由比濱的細語。

「你幫忙守住了，我最珍惜的地方。」

她的話音相當輕柔，我不禁閉上眼睛，想好好感受微微滲入耳內的暖意。

由比濱輕輕吐一口氣，緩緩開口：

「我啊……其實很清楚，自己大概贏不過小雪乃。就算真的贏了，成為學生會長後，也很可能沒辦法再參加社團。」

她有一句沒一句地說著，其中沒有任何矯揉，所以我只是默默地聽。

她繼續說道：

「這些都是你的功勞。」

不論由比濱的話語再溫柔，唯有這一句我無法認同。

「……不對。」

我從頭到尾都沒打算做什麼，連自己能做什麼都不知道。讓我明白這點的另有其人，那個人才有資格接受這句話。

「頭髮摸夠了吧。」

我輕輕撥開由比濱的手，但她又在我的背後站了好一會兒，之後才輕輕一笑，把椅子搬來我旁邊坐下。

我無法好好地看她的臉，只能看向其他地方。

這時，由比濱大聲開口。

「你很努力喔！」

「妳突然說什麼啊？」

我下意識地把頭轉過去，她「嗯」地點點頭，又大聲地重複一次。

「你真的很努力喔！」

「別再說了，我什麼也沒做。」

真要說的話，我不過是當個鍵盤後援會，外加跟一色交涉。但這些行為沒有半點生產性。我反而是以影響別人的生產性為目的。

由比濱似乎多少聽出我的反省，無力地點點頭，泛起虛弱的微笑。

「嗯……在我們看得到的地方，的確什麼也沒做。」

我僅用頷首代表同意。然而，由比濱不這麼認為。她搖頭說道：

「但是看到的話，可能又會覺得你在做什麼很讓人討厭的事。因為你的做法，大概不是想改變就能改變。」

她搞不好很清楚我做了什麼，或知道那些後援會帳號的存在。總而言之，這種手段絕對不值得嘉許。以見不得人這點而言，說不定更加狡詐。

不過，只要沒被任何人發現、查出身分，便沒有任何問題。

「既然沒有看到，怎麼可能知道我是不是做了什麼。」

所以，這件事應該到此為止。是時候讓它逐漸遠去了。

這正是我這句話的意思。

可是，由比濱依然看著我。

「但就算沒人真的看到，也沒人受到責難，你還是會放在心上吧。」

「不，不可能——」

「罪惡感是不會消失的。」

我還沒說完便被她打斷。

啊啊，由比濱說的沒錯。那種感覺不可能乖乖消失。

不論做什麼事，我總是懷抱不安，擔心自己是否弄錯什麼。

因此，我無法擺脫罪惡感。

「我啊……雖然什麼也沒做到……也忍不住懷疑這樣做到底好不好。所以，你的這種心情一定更強烈。」

由比濱說得很溫柔，臉上帶著些許悲傷的笑容。儘管如此，她依然為我擔心。

這樣的溫柔更讓我心痛欲裂。我最不希望的，明明就是看到她受傷。為什麼連這麼單純的願望，都沒辦法實現？

「我們……沒做錯什麼吧？」

儘管心裡再明白不過，嘴巴就是無法說出那個答案。

由比濱見我怎麼也開不了口，淒切地進一步問道：

「大家很快就能回到過去那樣了吧？」

「……我不知道。」

我真的不知道答案如何。

雪之下的那句話依舊在耳邊迴盪。

認為對方瞭解自己只是一種幻想，如同讓人忘卻自我的溫柔鄉，一旦深陷進去便難以脫身。拋下一切委身於其中，真不知道會有多舒服。

「相互瞭解」是一種錯覺，一場殘酷的幻術。

從幻術中回過神時，那股失落感想必相當強烈。

任何一點微小的不自然感與疑心會成為荊棘與隔閡，在某個時刻將一切摧毀殆盡。

我應該早一點有所察覺。

我渴望的不是什麼親近的關係。

我渴望的事物更加純粹。

無需話語即可心意相通，無需行為即可瞭解對方，無論發生什麼都能永保完整——

我真正渴望的是這種超脫現實，到達可笑地步的美麗幻想。

這是我跟她一直在追求的事物。

9 那間社辦，不再散發紅茶的香氣

時序進入十二月，一年將盡的氣氛逐漸濃厚，時間流動的速度似乎也越來越快。

今年剩下最後三個星期。

在這樣的氣氛中，比往年大幅延後舉辦的學生會選舉，在不算盛大的情況下於前一天隆重展開。

一色纏著葉山拜託他幫忙助選演說，自己也直接拿雪之下的政見做為演說內容。根據當天的開票結果，一色順利通過學生會長的信任投票。

新任學生會今天便開始運作。

然而，這跟一般學生沒什麼關係。對大部分的人來說，這天不過是另一個平凡的日子。

這點對我來說也一樣。我過著跟平常沒有兩樣的生活，坐在教室裡聽課。

不知不覺間，便來到放學時段。

班會結束後，我走出教室。

現在已經是冬天，從走廊的窗戶看出去，在陰沉的天空下，戶外似乎也很寒冷。

我步下樓梯，轉過走廊，看到前方的學生會辦公室不斷有人忙進忙出。畢竟今天是第一天上工。

一色伊呂波也在其中。

她看到我，露出溫和的笑容，在胸前對我輕輕揮手。

我稍微點頭示意，繼續趕路。

「學長～～」

後方傳來她撒嬌的聲音。

我知道我知道，接下來又要上演「以為後面的人在叫自己，回頭一看卻發現是叫另一個學長」的戲碼對吧？

於是我不予理會，走自己的路。結果，後方傳來「啪噠啪噠」的腳步聲，並且逐漸接近。我這才回頭，看見一色鼓著臉頰追上來。

「學長～為什麼不理人家嘛～」

「我以為妳在叫別人……所以，今天已經正式上工了嗎？」

經我問道，一色得意地挺起胸脯。

「沒錯～雖然一開始根本不知道要怎麼做……」

她前面還說得信心滿滿，之後卻越來越失去氣勢。沒辦法，她是在眾人慫恿下成為學生會長，難免會感到不安，甚至犯不少錯誤。

不過，一色一定有機會重新來過，彌補自己犯下的錯誤。所以她不需給自己太多壓力。想到這裡，我忍不住泛起羨慕的微笑。

「沒關係。沒有人對學生會抱持期待，妳大可放輕鬆去做。」

「不覺得這種說法有點過分……」

一色的白眼快要翻到後腦勺。但坦白說，我自己也不對她抱持什麼期待……儘管如此，好像還是該說些鼓勵的話祝福她。

「……明年，我的妹妹會進入這間學校。」

「啊？等一下，大考不是還沒結束？」

一色揮揮手，一副「這個人在說什麼」的表情。煩死了，小町一定會進入這間學校就對了。我說的算！

「所以，幫我把這裡變成一間好學校。」

「……」

一色張大嘴巴說不出話，但也沒有臉紅或假裝害羞。她過了好一陣子才伸出雙手，用溫溫和和的語調把我說的話推回來。

「這是什麼意思難道學長你想追求我嗎？對不起你太纏人了讓我很不舒服你還是放棄吧。」

……妳拒絕的理由是不是跟上次不一樣？

「妳還是用正常的方式說話吧……葉山應該也比較喜歡那種類型。」

「咦，真的嗎學長是從哪裡聽來的？」

一色聽到這句話，眼睛立刻亮了起來。其實，這不是哪裡的小道消息。純粹就一般而言，大家都對太做作的人不太有好感。如此而已。但我懶得對她仔細說明，索性簡單應付一下，速速離開現場。

「只是我個人的感覺。總之，妳好好加油吧。」

「好～～啊！不對啦！我們正好在改裝學生會辦公室，學長要不要來看看？」

改裝？改裝成學生會辦公室的樣子？

一色抓起我的袖子，往辦公室的方向拉。我說妳啊，是不是打算把我抓去幫忙……

也罷，反正接下來沒有急事。何況說服一色擔任學生會長的即是我自己，現在幫一點忙也是應該的。

我一邊想著，一邊跟她走到辦公室門口。這時，內部傳來某人的聲音。

「伊呂波──這個要擺哪裡？伊呂波──」

這個聲音頗耳熟……我探頭一看，意外發現戶部也在這裡。

天氣明明冷得要命，他的上半身卻只穿一件T恤，頭上綁著毛巾。我想起來了，在拉麵店打工的傢伙總是喜歡打扮成這樣。他使勁抱著一個不算大的箱型物，到處尋找一色。仔細一看，那個箱型物竟然是冰箱……

「這樣沒問題嗎？」

我回頭對一色問道。她露出可愛的表情，開心地回答：

「從今天開始，這裡就是我的辦公室，所以當然要照自己的喜好布置囉～」

「喔，這樣啊……」

我想問的不是擺冰箱適不適當，而是把戶部丟在那邊有沒有關係……他已經叫妳好幾次囉……

「伊呂波——暖氣機要擺哪裡？」

裡面又傳來戶部的呼喚。我再探頭窺看，他這次抱著一台鹵素燈電暖器。

「一色，真的沒有問題嗎？」

我又問了一次。她這次握住自己的手，像是要取暖。

「因為我怕冷嘛～」

「喔，這樣啊……」

妳怕不怕冷不關我的事，我是想提醒妳搭理一下戶部……好吧，既然是戶部那就算了。

但是在同一時間，我也開始擔心這樣的學生會長真的沒問題嗎……

「伊呂波——」

戶部實在找不到人，終於探頭出來看。

「咦？比企鵝，你也是來幫忙的？」

「不，我只是經過。」

「是喔～唉，隼人還不快點來，人手要不夠了啦～」

一陣不知所云的對話後，一色插進來打斷。

「啊，戶部學長，冰箱不是放那裡，要放裡面。還有電暖器要放在辦公桌旁邊。」

「喔，好……我就是要問妳這個的……」

戶部的表情有點僵住，不過一色笑笑地對他說「麻煩你了」後，還是不甘不願地調整位置。

接著，一色轉頭看我，臨時起意地說道：

「啊，學長也來幫忙嘛～」

「不了……」

學生會辦公室其實不大，太多人擠在裡面只會礙事。現場已經有戶部幫忙，其他還有幾個看似新任的幹部勤奮地忙碌著，所以我不在應該也沒關係。

才想到這裡，便發現一張熟悉的面孔。

巡學姐吃力地搬著一個沉重的紙箱。她注意到我，露出溫和的笑容，打算對我揮手，但隨即發現自己空不出手，焦急地不知該怎麼辦。

……好吧，反正我沒有什麼急事。

「就幫一點忙吧。」

「真的嗎～太好了！」

我把一色的話拋在腦後，踏進辦公室，幫忙撐住巡學姐手上失去平衡、快塌下來的東西。

「我來拿吧。」

「咦？啊，謝謝你。」

我接過紙箱，依照巡學姐的指示搬到門口的地上，然後喘一口氣。

「啊哈哈，真不好意思，還要麻煩你。」

「不會，我是來幫忙的。」

我試著耍帥一下，但老實說，這堆東西真是有夠重……

雙手在短時間內出現疲勞，我看看自己的手掌，巡學姐也不太好意思地笑著說：

「哎呀～實際整理之前，我也沒想到裡面堆了這麼多私物。」

「這些都是學姐的私物？」

我突然產生一點興趣。各位觀眾，聽到「女生的私物」（英譯：girl’s private item）時，你是否會開始興奮？是否？什麼，原來只有我覺得興奮？廢話，難道巡學姐會興奮起來嗎！

「房間好像完全不一樣了……」

巡學姐感慨地低喃。

她的任期為一年。在這一年的時間中，她都是在這間辦公室度過。如今，這裡即將轉交給一色。雖然之後的一段時間，她還是會來完成交接事宜，但這個空間已經完全改變，在裡面忙碌的人也全部更替。

巡學姐面帶微笑，從遠處望進辦公室。

「……其實呢，我原本很期待──」

我知道自己不用開口詢問「期待什麼」。下一刻，她用往常略顯緩慢的語調，一字一句地描繪自己的想像。

「──雪之下同學成為會長，由比濱同學成為副會長。你呢……則擔任庶務！」

「為什麼我要當庶務……」

只有我當不成幹部嗎……

巡學姐繼續開心地想像。

「然後啊，我畢業以後，可以常常回來這裡玩……聊聊過去大家一起辦的校慶跟運動會有多快樂──」

她這時露出的笑容，像孩子一樣天真。

「──本來，我有點這麼期待。」

那樣的未來，原本有希望成真嗎？

一定有的。

然而，那是沒辦法實現的夢想，再也不可能成立的假設。

既成的事實永遠無法復原，唯一能做的是重新來過。但是有些時候，我們連重新來過的機會都沒有。

巡學姐依依不捨地輕觸大門。

隨後，她「嗯」地一聲打起精神，把頭抬起。

「接下來要認真教導一色同學了。好，我要加油！」

「……那麼，我先失陪了。」

「嗯……」

我走到門口時停下腳步，回頭向巡學姐行禮。

「學姐辛苦了。」

「……謝謝你，你也辛苦了！」

我轉過身，在巡學姐的輕聲道別下離開辦公室。

× × ×

我繼續往特別大樓的方向前進。

向雪之下跟由比濱確認參選意願，已經是一個星期前的事。那一天，我跟由比濱坐到離校時間前一刻，雪之下才終於回來。結果我們沒說到幾句話，便各自解散。

不過，侍奉社仍然持續運作，活動內容跟社辦都沒任何變化。我們如同往常，一味地翻著書本或隨意打發時間。

來到社辦門口，若無其事地打開大門。

「嗨。」

我簡短打招呼後，趴在桌上的由比濱立刻爬起。

「自閉男，你好慢──」

「抱歉，中途有點事情。」

拉開椅子入座後，坐在對角線上，稍微偏離以往位置的雪之下輕聲開口：

「沒關係，反正這裡也不怎麼忙。」

雪之下說話的方式跟之前沒什麼不同，語氣相當平靜。她的視線落在文庫本上，偶爾動一下手指翻頁。

雖然由比濱抱怨了幾句，後來又因為找不到事做，再度開始把玩手機。

「唉，這裡的確閒得要命。」

「閒有什麼不好？有句話說『沒錢的人也沒閒』，所以閒著是好事。照這樣推論，社會上沒工作的人其實都是富庶階層兼勝利組。這項事實再度印證工作就輸了。」

「果然是你會說的話。」

雪之下冷靜地回答，同時翻過文庫本的一頁。我同樣拿出帶了也不會看的書，翻開其中一頁。

「學期快要結束了呢～」

由比濱突然這麼說道，接著像是想到什麼，「啪」地拍一下手。

「啊，我們來辦聖誕派對吧！我想吃披薩！」

「想吃披薩的話隨時都吃得到，由比濱同學。」

雪之下依舊看著手上的書，由比濱聽了，露出訝異的表情。

「咦，是嗎？我們家只在特別的日子才訂披薩……」

「我家也一樣，只會在颱風或下大雪的日子訂披薩。」

「你家也太特別了吧……外送的人很可憐耶……」

這種說法有欠公允。對外送的人來說，外送即為他們的工作，這是改變不了的事實。所以要恨的話，就恨「工作」本身吧。而且既然妳那麼說了，我也可以反駁妳。

「碰到聖誕節之類披薩訂單暴增的日子，那些人才可憐吧。我刻意挑生意較少的日子訂披薩，才是為他們著想。」

「真的是這樣嗎……」

由比濱發出沉吟，一副不太接受的樣子。不過，她很快又想到別的事。

「啊！對了！不是說要辦派對嗎？我們可以在小雪乃的家辦——」

「這個主意聽起來很棒……但是很抱歉，今年冬天我決定回家。」

雪之下委婉拒絕，由比濱又提出新的點子。

「這樣啊。不然，大家一起去哪裡玩如何？」

「好啊，雖然我還不確定家裡是否有什麼計畫。」

雪之下這次回答後，對由比濱輕輕微笑。

「……好吧。那麼，等確定之後再聯絡。」

不知由比濱看到那個笑容，心裡是怎麼想的。

夕陽即將隱沒至大海的另一端，天空的幾縷殘照不再螫得睜不開眼，僅留幾許不捨一日將盡的悵然。

「白天越來越短了……」

雪之下跟我一樣看著窗外，如此低喃。

再過幾天便是冬至。這一陣子以來，漆黑的夜晚逐漸變長，這種彷彿盼不到破曉的黑夜，恐怕還得持續一段時間。

「今天的社團就到這裡結束吧。」

雪之下宣布後，闔起書本收進書包，我們也點點頭，從座位上起身。

這一個星期的社團時間，我們都是這樣度過。

雪之下的樣子，看起來跟畢業旅行之前一樣。

不，其實不然。任誰都能一眼看出她是表現出跟之前一樣，沒有任何改變的樣子。

她的態度依舊沉穩，有人說話時會好好回應，並且不時對由比濱微笑。

儘管如此，那般微笑卻極其殘忍，有如懷想逝去的人物，看著年幼的孩子，追憶再也無法挽回的事。她用那樣的笑容苛責觀者之心。

然而，我們沒辦法苛責她。

因為我跟由比濱都選擇留下。我們努力地維持對話，勉強自己要耍白痴，生怕一不小心，沉默便籠罩下來。

這樣的時間既表面又空虛，沒有任何意義。這正是我跟她最厭惡、徒具外表的交流方式。

我相信這是自己用近一個月得來的事物。

我曾經再三詢問自己是不是搞錯了什麼。現在，我決定再確認一次。

我是不是對自己的方式、自己的想法太有信心，太過自滿？我該做的真的是使用那些小伎倆，還是另有其他事情？

我遲遲找不出答案。原因想必就在我自己身上。

曾經有人形容我是「理性的怪物」。

理性跟感情是相對的概念。

難道那個人打算告訴我，理性的怪物無法理解感情，不把人類看做人類，永遠被困在自己的意識中，是遠遠不如人類、稱不上人類的存在？

離開社辦前，我回頭看最後一眼。

雖然存在那裡的是相同的人，她卻宛如身處完全不同的世界。

紅茶的香氣，早已不再。

× × ×

如果——

我是說如果——

如果能像遊戲那樣退回上一個存檔點，重新做一次選擇，人生會不會從此改變？

答案是否定的。

那是擁有選擇的人才可能走的路線。對一開始便沒有選擇的人而言，這個假設不具任何意義。

因此，我不會後悔。

說得正確一些，我幾乎對至今的一切人生感到後悔。

如果這個世界存在我真正想守護的事物，那個事物究竟是什麼？

後記

大家晚安，我是工作。哎——呀糟糕糟糕！看看我打了什麼東西！都是平常工作太辛苦，害我覺得「渡航」兩個字越看越像「工作」。大家晚安，我是渡航。

最近實在太忙碌，在工作之外完全沒有與人見面的機會；偶爾接到邀約一起喝酒的電話或信件，我也無法好好回覆。

「很忙沒空」是人們為了逃避麻煩的事情，動不動便使用的方便藉口。其實，真的想赴約的話，我還是會把工作丟到一邊直接衝出門！

如此這般，每個人都會撒謊。不論是對別人，或者對自己。雖然我很忙碌這點純粹是陳述事實，根本算不上什麼謊言。

說是這麼說，我也可能真心誠意地跟別人做好約定，之後卻又落空。例如先前明明大言不慚地保證「明天之前一定生得出來啦哇哈哈」，後來又臉不紅氣不喘地要求「能不能延到下星期」。不論是不是故意或有沒有說出口，以結果來說都是跳票。

因此，他跟她以及任何人……當然也包括作者我本身都會說謊。不，說不定當對方認為我們說謊的時候，我們說的話便無條件成為謊言。

這樣的話，我不能再輕易答應「下次一定會提早寫完的呼哈哈！」而是該乖乖地閉緊嘴巴，什麼話也不說。有些時候，這樣反而能讓對方感受到自己的想法。只不過，那樣的想法是真實或謊言，也完全由對方判斷。

如此這般，《果然我的青春戀愛喜劇搞錯了》第八集在此結束。我們第九集再會！哎呀～這句話搞不好也是騙你der——哎呀～我在說什麼啊？喔呵呵！

以下是謝詞。這、這次是真的啦！

ponkan⑧大人，內頁插圖跟插畫集的工作同時進行，真是辛苦您了！這次的插圖還是一樣棒透了！非常有女主角的感覺！非常謝謝您！

責編星野大人，這次趕得像是地獄行軍，造成您的諸多困擾，非常抱歉。但是請您不要誤會，拖稿的原因其實是……您也知道嘛，錯的不是我，是這個社會。非常謝謝您！

提供插畫集作品的畫家，承蒙各位從不同視點繪製「果青」的世界，和角色們全新的一面，我真的相當高興。每一件作品都非常漂亮，我的內心真的很幸福，藍光疲勞的雙眼也獲得治癒。非常感謝各位。

最後是各位讀者。第七集到第八集之間讓大家等待這麼久，真是不好意思。好在有大家的支持，我才得以繼續寫下去。非常感謝各位。這齣青春戀愛喜劇還會迷航一陣子，如果各位願意陪伴到最後，將是我的榮幸。

那麼，篇幅用得差不多了，這次請容我在這裡放下筆桿。

十月某日，在寒冷的夜風吹拂中，喝著溫暖的MAX咖啡　渡航

國家圖書館出版品預行編目資料

果然我的青春戀愛喜劇搞錯了。8/ 渡航 著；涂祐庭 譯
一1版.一臺北市：尖端出版，2014.8
面 ； 公分.一(浮文字)
譯自：やはり俺の青春ラブコメはまちがっている。8
ISBN 978-957-10-5661-6(平裝)

861.57 101015957

浮文字
果然我的青春戀愛喜劇搞錯了。8
（原名：やはり俺の青春ラブコメはまちがっている。8）

著者／渡航
譯者／涂祐庭
執行長／陳君平
協理／洪琇菁
執行編輯／石書豪
內文排版／謝青秀
封面插畫／ponkan ⑧
內文審校／施亞蒨
榮譽發行人／黃鎮隆
國際版權／黃令歡、高子甯
美術主編／李政儀

出版／城邦文化事業股份有限公司 尖端出版
台北市中山區民生東路二段一四一號十樓
電話：（〇二）二五〇〇一七六〇〇
傳真：（〇二）二五〇〇一二六八
E-mail：7novels@mail2.spp.com.tw
發行／英屬蓋曼群島商家庭傳媒股份有限公司城邦分公司 尖端出版
台北市中山區民生東路二段一四一號十樓
電話：（〇二）二五〇〇一七六〇〇（代表號）
傳真：（〇二）二五〇〇一一九七九
中彰投以北經銷／楨彥有限公司
（含宜花東）
電話：（〇二）八九一九一三三六九
傳真：（〇二）八九一四一五五二四
雲嘉經銷／智豐圖書股份有限公司 嘉義公司
電話：（〇五）二三三一三八五二
傳真：（〇五）二三三一三八六三
南部經銷／智豐圖書股份有限公司 高雄公司
電話：（〇七）三七三一〇〇七九
傳真：（〇七）三七三一〇〇八七
一代匯集／香港九龍旺角塘尾道六十四號龍駒企業大廈十樓B&D室
電話：（八五二）二七八三一八一〇二
傳真：（八五二）二七八二一一五二九
馬新經銷／城邦（馬新）出版集團Cite (M) Sdn. Bhd.
E-mail：cite@cite.com.my
法律顧問／王子文律師 元禾法律事務所
台北市羅斯福路三段三十七號十五樓
二〇一四年八月一版一刷
二〇二四年一月一版十三刷

郵購注意事項：
1. 填妥劃撥單資料：帳號：50003021戶名：英屬蓋曼群島商家庭傳媒(股)公司城邦分公司。2. 通信欄內註明訂購書名與冊數。3. 劃撥金額低於500元，請加附掛號郵資50元。如劃撥日起 10～14日，仍未收到書時，請洽劃撥組。劃撥專線TEL：(03) 312-4212 ・ FAX：(03) 322-4621。E-mail：marketing@spp.com.tw